Lucas & Vivi

「新米錬金術師の致命的な失敗」

Chara

新米錬金術師の致命的な失敗

水無月さらら

キャラ文庫

この作品はフィクションです。
実在の人物・団体・事件などにはいっさい関係ありません。

目次

口絵・本文イラスト／北沢きょう

三ツ頭の怪物が四つめの心臓を隠し持っているとは思わなかった。

ヴィクトールが振り返ったとき、死んだはずの気色悪い怪物はあどけない弟子の身体に太い尾を振り下ろそうとしていた。

「リュカ、お逃げっ」

師匠の声に目を上げはしたものの、弟子のリュカは逃げなかった——マントが藪《やぶ》に引っかかって、動くことが出来なかったのだ。

チッ！

ヴィクトールは舌打ちと共に飛び出して、怪物の尾とリュカの間に滑り込んだ。

尾を飾る鋭いトゲが彼を引き裂く。

死に至る激しい痛みに眉を顰《ひそ》めながら、口元に苦笑いを浮かべた。

かつては美しかった顔には初老らしい皺《しわ》が刻まれ、左目を眼帯で覆っていたが、見かけのまだったとしても彼はまだ数十年は生きるはずだった。

(——バカなことだ)

弟子を庇《かば》って命を落とすことになるなんて。

十三歳ほどの少年に見えるリュカは、三年ほど前にヴィクトールが錬金術によって造り出した。ここで失ったとしても、また造ることは可能だ。同じように錬成し、同じように育てればいいだけのこと。

とはいえ、二度目に造るだろうリュカは、一度目のリュカとはやはり違った仕上がりになるはずだ。わずかでも気温や食べたもの、触れたものが違ってくると、すっかり同じ育ち方にはならない。

二度目のリュカにも愛着は抱けるだろうが、この一度目のリュカを上回るとは思えない。試行錯誤して産み出し、育てた最初の作品はかけがえのない存在だ。

(わたしはこの子を失いたくない……この子が消えるなんて、耐えられないんだ。ああ、そうだよ。愛しているからな)

愛という言葉は驚くほどすんなりと頭に浮かんできた。

愛ゆえに守りたい。愛しているから、代わりに死ぬことも厭《いと》わない。代わりに死ねることが嬉《うれ》しくすらある。

自己満足なのは承知している。

自分という保護者がいなくなって、リュカが生き続けることが出来るかということも今は考えない。

ヴィクトールは最後の力を振り絞り、怪物の胸元に斬り込んだ。

義手である右手に仕込んだナイフをそこにめり込ませ、四つめの心臓を破壊するために何度も捻《ひね》った。

錬金術師の証である深緑のマントは血に染まり、とうとう怪物が膝《ひざ》を折って倒れたときには下敷きになってしまったが、もう嫌悪も痛みも重みすらも感じなかった。

「……悪くない」

誰も聞いていなかったが、それがヴィクトール・コルベールの最後の言葉となった。

孤独で長かった人生の晩年で、愛を知ることが出来たのは単純な喜びだった。無償の愛を向けた者を守ることが出来て満足である。その思いを胸に抱いて逝くのは、彼にとって本当に悪くなかったのだ。

間もなく視界が完全に暗くなり、錬金術師は安らかな気持ちのままで死を迎えた。

「お、お師匠さまァ」

状況を把握しきれていない戸惑いを含んだ弟子の呼び声は、もう彼の鼓膜を震わせることはなかった。

1　リユカ

深い深い森の中で、リユカは三十年以上も一人で暮らしてきた。

煉瓦《れんが》造りの屋敷には同居する者はいたにはいたが、彼らはリユカに関心がない――屋敷コビトのオリヴィエは高齢のせいか天井裏で寝てばかりだし、黒猫のヴァランタンは自由気儘《きまま》である。

亡き師匠に倣《なら》ったルーティンがリユカの生活の全てだ。

基本的には午前中に薬を調合し、午後に森の外れに設けられている場所へそれを届けに行く。報酬として、森では手に入らない食料品や物資がそこに置いてある。物々交換だ。決まったもの以外に欲しいものがあるときは、その品目を書いたメモを置くことで数日後には用意される。

薬の作成と配布の他に、薬や燃料の元となる鉱物や植物を採集するのも仕事の一つ。

それから、森を守護するものたちに特別な薬を定期的に与えねばならないし、迷い込んだ人間を見つけたときは森の外へと特別な方法で案内してやらねばならない――もっとも、ここに足を踏み入れたら二度と出られないとのウワサがあり、森に入ってくる無謀な人間はまず見られなかった。

夜は勉強だ。師匠が残した膨大な書物や記録帳を読む。

それらの内容が、小ぶりな頭にちゃんと収まっているかどうかは置くにしても、とにかく眠くなるまでテキストを前に広げておく。

この判で押したような日々に厭《あ》いたわけではなかったが、とうとうリュカは一人ぼっちの生活を終わらせるきっかけを得た。

その日、薬と引き換えに受け取ってきた食料品の中にピクルスの瓶詰めがあった。割れないように丁寧にそれを包んでいた紙を剝《は》がしたとき、リュカの目は包み紙に印刷されていたイラストに釘付《くぎづ》けとなったのだった。

「わあ、男の子と女の子。手を繫《つな》いでいるね」

頭部と身体部分の割合が一対二くらいに丸まっちくデフォルメされた絵だった。そこにリアルさはなかったが、なんとなくリュカはいいなあと思った。

そもそもリュカは遠くからしか人を見たことがないし、師匠が死んでからは誰ともスキンシップをしていない――無意識ながら、温《ぬく》もりに飢えていたのかもしれなかった。

しげしげと眺めた後、リュカはハサミでその部分を切り抜いた。

そして、壁にピンで留めた。

「……この二人も交尾をするのかな。たぶん番《つが》いだから、するんだろうね。うさぎやタヌキ、鹿みたいに。赤ちゃんが出来れば嬉しいもんね」

遅い、あまりにも遅い思春期だった。

師匠が亡くなったときリュカの外見は十二、三歳ほどに見えたが、あれから三十年も経《た》つというのにいまだ十六、七歳ほどの姿に留まっている。

癖の強い赤茶色の髪の毛に囲まれた顔はいくらか面長になり、さすがに愛くるしさよりも清々《すがすが》しさを纏《まと》うようになってきた。

抜けるような色白の肌には相変わらずそばかすが飛び、くるんと巻き上がった睫《まつ》毛《げ》に縁取られた青紫色の瞳は澄んでいる。

青年期に入る手前の、少年が最高に美しい時期をキープした状態だ。

扉の縦の長さには及ばないものの、身長はもう平均的な成人男性のそれに近い。ただし、ほっそりとして、手足がやや長すぎるように見えるのが若さなのか。

全体的に鑑賞に堪える容姿ではあるものの、さすがにこの成長の遅さは普通ではない。

おそらく人間ではないのだ。

それが証拠に、森を守護している奇怪な形状の者たちと同様、リュカもまた定期的に同じ薬を摂取する。

飲まなかったらどうなるかとチラと頭に浮かんだことはあるが、止めるほどの勇気は持ち合わせていなかった。

死ぬのかもしれない。

自分を守って命を落とした師匠の遺体を運んだときのことを、リュカは今でも忘れられない。

魂が抜けた肉体はずっしりと重かった。

もう動かない身体に絶望を感じながら、おそらく野生動物たちが狙《ねら》っていただろう遺体をこの家の裏庭まで引《ひ》き摺《ず》ってきた。

墓穴を掘る間、身体から抜けた魂はどこへ行くのだろうと考えていた——もちろん、分かるはずもない。

延々考えた後、分からないことは考えても仕方がないと吹っ切った。

リュカは浅慮であろうとした。

師匠の死は〝なかったこと〟にして、それ以降はもう向き合わなかった。だから、悲しがりもせず、寂しがりもしない。

たぶん、その決意のせいでリュカの成長は極限まで遅くなったのだ。

外見同様、中身の成長のほうも滞っていた。いまだにリュカは錬金術の指南書よりも童話や絵本を読むのを好む。

童話の中の英雄は、特別な剣で怪物を見事に打ち倒し、褒美として国王からその娘である美しい王女を嫁にもらうのだ。立派な城で行われる結婚式はどんなに厳かで、どんなに美しいのかと想像の翼を広げるのは楽しかった。

果たして、夢見がちな少年リュカは壁に留めた少年少女のイラストを眺め、自分にもパートナーがいたらいいのに…と思った。

普通の十六歳くらいの男子ならば、森から出て近隣の村に自分に似つかわしい女の子を探すところ。しかし、これまで森から出たことがなく、人間を間近に見たこともないリュカにはとてつもなく高いハードルだった。

いっそパートナーを造ってしまおうと考えたのは、錬金術師の弟子としては必然だったのかもしれない。

「よし、やってみよう！」

師匠が残した記録帳がある。

この森を住み処《すみか》とする以前からの研究内容、製造した医薬品や火薬、いろいろな金属・貴金属について……そして、弟子を造ったときの詳細も残っていた。

そう、リュカは師匠によって造られたのだ。記録帳を読んでその事実を知ってしまったが、さほどの驚きはなかった。

リュカにとっての師匠はなんでも作ってのける人だった。

そして、自分はそんな彼の唯一の弟子。

（レシピ通りにやれば出来るんじゃないかな。森の外に配布している薬だって、そうやって作ってるんだしね）

前向きなだけで、自分の技量については考えない。

師匠だった錬金術師は、命あるものを錬成するにあたってかなり葛藤《かっとう》したことを書き連ねていたが、リュカはその部分については見事に読み飛ばした――浅はかゆえに、自分にとって必要だと思う箇所しか目に入れなかったのだ。

ともかくも、やると決めると、リュカは記録帳を片手に錬金窯が置いてある研究室に籠《こ》もった。

「ええと、材料は……」

水、炭素、アンモニア、石灰、イオウ、フッ素、鉄、ケイ素……など、レシピ通りに必要な物質を次々と錬金窯へと放り込んでいく。

「ふーん、あれもいるのか」

あれとは、美しい琥珀《こはく》色の塊のことだ。

リュカや森の守護者たち――師匠の師匠が錬成したという奇怪な身体つきの超人たちが、定期的に摂取しなければならない薬がある。

とある琥珀色の塊を粉になるほど砕いたものを主原料として作るのだが、これが岩石なのか、樹脂なのかさえ分かっていない。

人体錬成のレシピでは、いつも使用する量の三十倍超が要求されていた。

（うわ、かなり大量……これ、どうしても無くちゃいけないものかな？）

補充方法が分からない物質である。

すっかり無くなったら、森の守護者たちもリュカも生きていられなくなってしまうかもしれない。

ゴム製の手袋を嵌《は》めた手にハンマーを握ってカツカツと砕きながら、リュカは独自の判断で三分の二の量でいくことに決めた。

材料の全てを入れたら、しっかりと窯に蓋《ふた》を被《かぶ》せた。

そして、やはり記録帳を見ながら、窯を中心とした図形をチョークで床に描いていく。図形の外側の六カ所には燭台《しょくだい》を据え……――それらが意味する全てを理解してはいなかったが、リュカはなるべく正確を期した。

そこへ屋敷コビトのオリヴィエが姿を見せた。

八十センチほどのずんぐりした体型で、もじゃもじゃの白い髭《ひげ》と皺だらけの顔が彼の高齢を示す。実際、この屋敷に住み着いて三百年は経ているという。

彼は暖炉の近くにあるソファに飛び乗ると、うろんげな視線をリュカに注いだ。

「……小僧、なにをやらかそうとしているんだ？」

コビトが錬金術師の弟子に話しかけてくるのは、実に半年ぶりのことだった。

「なにって…女の子を造れないかと思ってさ」

「女の子だぁ？」

オリヴィエが冷やかすようにイヒヒと笑うと、その笑いに乗っかるかのように暖炉の前で寝ていた黒猫のヴァランタンもなにかウニャウニャと言い出した。

「ついに色気づいたか」

「……う、うるさいよっ」

同居人たちが自分をバカにしていると分かっても、リュカは作業の手を止めない。

「一人前の錬金術師でもないくせに、一丁前に人体錬成をしようってのか？　そういう大掛かりなことをするときは、日を選べと師匠は言ってただろうに……」

「え、言ってた？」

リュカが聞き返すと、オリヴィエはそんなことも知らないのかとばかりに鼻を鳴らした。

慌てて記録帳に目を落とす——確かに、リュカが造られたのは満月の夜だと書いてある。書いてあるが、特に日を選ぶべしとの記載はなかった。

「お月様の形なんて関係あるの？」

「満月の夜ってのは特別だぞ。満月のたびに、わしが古井戸の蓋を開けるのを知っているだろ？　中で眠る連中の悪夢を月光に溶かす。月の光には不思議な力があると思わんか？」

「別に」

訝《いぶか》しむようにリュカは首を傾《かし》げた。

オリヴィエが古井戸の蓋を開ける晩は、中に閉じ込めている怪物たちの唸《うな》り声のような不気味な音が夜空に響く。

それが怖くて、リュカは布団を被って早く寝てしまう。よって、月光の神秘作用を味わったことはない。

「月なんて関係なくない？　思い立ったら吉日だって言うよ」

知ったようなことをリュカは言い、いよいよ六カ所に立てたロウソクに火を点《とも》すべく、赤々と薪《まき》が燃える暖炉へと近づいた。

なぜか黒猫が邪魔してきた。

今にも飛びかかろうという体勢で、毛を逆立ててシャーッと威嚇的に鳴き立ててくるのに閉口する――どうやら彼もこの実験には反対らしい。

気圧《けお》されたリュカは暖炉から火を移すのを断念し、自分の指先に炎を生じさせた。

驚くことなかれ、彼はちょっとした魔法が使えるのだ。

「そうか、お前には魔力があったな」

と、オリヴィエ。

「大したことは出来ないけどね」

リュカが六カ所のロウソクに火を灯している間に、こっそりオリヴィエは錬金窯の中にいくつかのものを放り込んだ。

リュカはそんなコビトの行為に気づかないまま、全ての準備が整ったと見なして詠唱を始めた。

錬金術師の詠唱は設計図だ。揃《そろ》えた材料をどんなふうに組み合わせ、どんな形にしたいかを言葉にして唱う。

創造主に語りかけるこの古い言葉を理解しきれていないので、リュカは記録帳に連ねられた文句をほとんどそのまま読み上げるしかなかった。

もしかしたら発音が違っているかもしれないし、一語や二語――いや、一行くらい抜かしてしまったかもしれない。

それでも、材料が揃っているのだから多少の間違いがあってもきっと大丈夫、と思うくらいにリュカは楽天的だった。

詠唱の間、空間や時間は歪《ゆが》んだ。

部屋を満たす空気が煮え滾《たぎ》り、四方八方からくる圧迫に耐えねばならなかった。

記録帳の文句を最後まで言えたのかどうかは定かではない……。

ふっと意識が飛び、気がつくと、リュカはどこか別の場所に立っていた。上も下もない世界で真っ暗だった。

頭の中で重々しい声が響く。

『命ある者を造る覚悟はあるか?』

リュカは頷《うなず》いた。

『ならば、お前の目と腕を一本差し出すのだ』

ぬっと腕のようなものが伸びてきて、瞼《まぶた》に触れようとした。

「いやだよっ」

本能的にリュカは叫び、炎を点した指でそれを拒否した——目を取られるなんてとんでもない。

『な、なんと！』

「必要なものは揃えたよ。不足はないはずでしょ！」

『魔法使いどもめ、道理を曲げようとするか。まあ、いい。怖れ知らずが気に入った。お前の魔力で埋め合わせが出来るかやってみるとしよう』

いきなり眩《まぶ》しい光に襲われ、リュカは再び意識を手放した。

どれくらい経っただろう。

目を開けたのは、バラバラと錬金窯が崩れる音を聞いたからだった。美しい彩色を施した陶製の窯は粉々になり、中で錬成されたものが剝き出しにされた。

立てた膝を抱くような形で蹲《うずくま》っていたのは子供である。

見たところ十歳かそこら。

「や…やった！」

リュカは感嘆の声を上げた――失敗するとは思わなかったが、成功を疑わなかったわけではない。

華奢《きゃしゃ》な肩を覆う美しい金髪ににんまりする。

リュカが近づく前に、つっとオリヴィエが進み出た。

彼が耳元でなにかを囁《ささや》くと、子供はゆっくりと顔を上げた――すっきりと整った顔立ちが露《あら》わになる。

顔が美しいこともさることながら、それ以上に驚かされたのは、引き上げた瞼の下から現れた左右の色が異なる瞳だった。

右が鮮やかな青で、左が少し赤味が加わった紫だ。

そのせいで、美貌《びぼう》がただの美貌に留まらず、不思議な魅力に彩られているかのように思われた。

吸い寄せられるように前へ進んだリュカに、オリヴィエは人の悪い笑みを浮かべてみせた。

「この子は男だよ」

「え？」

意地悪なコビトはリュカの落胆ぶりを楽しんだ。

「残念だったな、女の子じゃなくて」

「そ、そんなぁ！」

リュカが二度見したとき、今度は黒猫のヴァランタンが子供に寄り添っていた。

珍しくニャーニャーと猫らしい甘い声で鳴いて、頭や柔らかい毛で覆われた身体を擦《こす》りつけ始める。

この愛想のない猫がそんなことをするのは、師匠に限ってだったはずだ。

子供の手が躊躇《ためら》いがちにヴァランタンの首に触れようとするのを見るや、リュカはそばかすの浮いた鼻に皺を寄せた。

「な…なんで僕を差し置いて、大歓迎してくれちゃってんの？」

ヴァランタンをぐいと押しやり、子供の手を握った。

この子を造ったのはリュカだ。

権利は大いに自分にある。

願った通りの出来ではなかったかもしれないが、自分が師匠にしてもらったように面倒を見てやるつもりだ。

オリヴィエはもちろん、ヴァランタンに渡すつもりはない。

勝手に近づかないでほしかった。

しかし、気づいた。

（……この手、なんか変だな）

指はちゃんと五本あり、温もりも普通にあるが、なんとなく全体が腫《は》れぼったい——いや、浮腫《むく》んで曲がりにくいのではなく、関節がおかしいようだ。

曲がるべき場所で曲がらず、どこからでも曲がる。どの方向にも曲がるが、曲がったままの状態にしておくことは難しい。弾《はじ》かれたように戻ってしまう。

ひとしきり弄《いじ》り回し、奇妙なのは骨だろうと察しをつけた。ちょうど骨があるところに柔らかいゴムの棒が入っている感じなのだ。左腕は肩から指先までがそうなっている。

果たして、右腕はどうか。

足の間にあるもので男女の違いを確かめるのを忘れ、リュカは子供の身体に他の異常はないかを確認する。

右腕はちゃんと普通に形成されていた。

左足も。

しかし、右足は付け根から下がやっぱり怪しかった。

（これじゃ普通に立てないかも）

体重をかけたら、ぐんにゃりと曲がってしまうだろう。どうにか立ったとしても、変に弾むなどして歩行は安定しないに違いない。

リュカがその足を曲げ伸ばししている間、子供はされるがままだった。ただ視線は躊躇いがちに部屋のあちこちを彷徨《さまよ》っていた。

「こうしたら痛い？」

リュカが目を合わせると、遅れて応じた。

痛くないという意味で首を小さく横に振ったので、いくらか言葉が理解出来ているのが分かった。そこは喜ばしく思う。

「心配しなくてもいいからね」

リュカは言い聞かせた。

「僕がちゃんと面倒を見てあげる」

「なんだ、他にも不都合が？」

オリヴィエが尋ねてくるのに、リュカは顔を顰めた。

「左手と右足の骨が普通じゃないみたい。骨じゃなくてゴムの棒が入っている感じ……どうしてこんなふうになっちゃったんだろう」

「そりゃお前が未熟だからだ」

オリヴィエはこともなげに言い、子供の腕を見るために近づいてきた——と、作業台の横で立ち止まった。

床に落ちていた片方だけのゴム手袋を拾う。

「……お前、まさか、こいつのもう一方を窯の中に入れちまったんじゃないだろうな？」

「え？」

リュカは慌てて作業台の上に対の手袋がないかを確認したが、琥珀色の薬の材料があるだけで、手袋はそこになかった。

失敗を悟り、リュカは震えた。

呟《つぶや》くように明かす。

「……入れちゃったかも」

「バカ弟子がっ」

オリヴィエは吐き捨てるように言った。

「お前のような不注意なやつは、今後一切命ある者を造ろうとするなっ」

肩を竦《すく》めるリュカの横から、オリヴィエは手を伸ばして子供の指に触った。中にあるゴムを確かめるように曲げ伸ばしする。

そして、言った。

「この子の名はヴィヴィだ」

「な…なんでオリヴィエがつけるのさ?」

リュカは抗議したが、オリヴィエは鼻で笑った。

「いいか、名前は大事なものだ。お前のような阿呆《あほう》に任せるわけにはいかない。この家で一番賢いのはオレだからな。な、ヴァランタン?」

ヴァランタンがニャーと返事した。

「でも、この子を造ったのは僕だよ？」

「それなら、お前はなんて名づけるつもりなんだ？　三秒で答えろ」

「え…えと」

考え込むリュカにオリヴィエは「ヴィヴィだ。この子はヴィヴィ、それ以外の名はない」と繰り返したので、リュカはもう他を思い浮かべることが出来なかった。

「……じゃ、いいよ。もうヴィヴィで。悪い響きじゃないし」

「よろしい」

オリヴィエは満足し、さっさと研究室を出て行った。

ヴァランタンはすでに暖炉の前で丸くなり、大あくびをかます。

同居人たちはもうリュカを邪魔する気はなく、出現した子供に対する興味もここまでのようだった。

「さあ、ヴィヴィ……きみの名前はヴィヴィだってさ」

リュカは子供に呼び掛け、今後はそう呼ぶと告げた。

そして、自分はリュカという名前で、今ここを出て行ったコビトとそこにいる黒猫も一つ屋根の下に住んでいると教えた。

子供はリュカにチラと目を向けたが、顔は無表情で、ガラス玉のような美しい瞳にも感情らしい感情は見られない。

目を先に逸《そ》らしたのはリュカのほうだった。

(ゴムの手袋もそうだけど……あの塊の粉をケチったことも、たぶん良くなかったんだろうな。あと、創造主の要求を拒絶したことも影響しているのかも……──)

思えば、研究も準備も不充分だったし、あまりにも衝動的だった。

遅ればせながら、リュカは命ある者を産み出したことに怖れを抱いた──自分の浅はかさに頭を抱えたい気持ちになる。

子供の不完全な身体がそれを突きつけてきた。

(で…でも、まだ生まれたばかりだよ？　骨がゴムでもそれほど不便じゃないかもしれないし、僕が一緒にいろいろ教えてあげればいい)

不幸と決めつけるのはまだ早い。

リュカはこの子に対して全面的に責任を負うことを決意した。

「ヴィヴィ、きみが着られそうな服を持ってくるね。風邪を引くといけないから」

優しく言うと、いくらか間を置いて子供はこくりと頷いた。

「いい子だ」

真似たつもりはなかったが、我知らず、リュカは師匠にそっくりな口調で言っていた。

2　ヴィヴィ

未熟な錬金術師によって造られた子供――ヴィヴィは、研究室のソファに座っていた。

高級品の名残はあるものの、今は布が剝がれかけた埃《ほこり》だらけのソファである。

すぐ傍らには黒猫がいて、ときどき目を合わせてきてはニャーニャーと鳴いたりしてくる。

『また会えて嬉しいよ』

『ちょっと前とは姿も匂《にお》いも違うけど、僕にはすぐに分かった』

『リュカはバカだから、僕の声を聞こうとしないんだよね』

猫の言葉はなんとなく分かる。

相槌《あいづち》を打つ代わりにその毛皮を撫《な》でた。

『ねえ、しゃべれなくなったの？』

ヴィヴィは話すことが出来なかった。

猫語だけでなく、人間の言葉もだ。なにやら口…というか、喉《のど》一帯がおかしいからだ。

おかしいことは他にもある。

五感のあれこれが不具合だ。

視界の明暗の調節が出来ないし、音が大きく聞こえたり小さく聞こえたりして安定しない。嗅覚《きゅうかく》は正常のようだが、味覚はどうなのだろう。苦みや辛みが不快に思われるのは、子供になってしまったせいなのか。

そう、今のヴィヴィは子供だ。

幼児ではないにせよ、大人の男の大きさではない。扉枠を潜《くぐ》るときに首を屈《かが》める必要はないし、ソファに心地良く収まっているには背中にクッションがあったほうがいい。

広げた右の掌《てのひら》を見下ろす。

（小さい手だ）

こんな小さな手では薪割りをする鉈《なた》を握れそうもない。

（昔、こんな手に見合った鉈を作ってやったな）

そう思ったところで、自問が湧いた——誰に、と。かつて小さくて可愛らしいと思い、迷子にならないようにと握って歩いたのは誰の手だったのだろう。

思い出しかけるも、そこで記憶がするっと逃げた。

記憶が逃げると、たった今の自問がなんだったかも忘れてしまった。

ただヴィヴィは自分の手を見下ろしていた。

「………」

右手は正常だ。

問題は左腕と右足である。

ぐにゃぐにゃで扱いが難しい。

歩くとなると、変に弾むのでバランスを取るにはコツがいる。ちょっとした動きでぶらぶらする左腕は邪魔なだけだ。

左右の仕様の違いは生活の質を著しく下げる。

（二足歩行の生き物は左右対称でないとまずいんだ）

おかしいところをおかしいと判断出来るほどヴィヴィは冷静だったが、どうしてこうなのか、解決するにはどうしたらいいのか…などと考えていると、思考がぷっつり途切れてしまう。

記憶力と思考力が共に怪しかった。

それでも、ヴィヴィはこの家になんとなく馴染《なじ》みがあり、ここが安全だということは分かっていた。

なにかと世話をしてくれる若者――若者というか、彼は見るからに少年の域から出ていないが、見かけも性格も優しかった。

名前はリュカだ。

優しいが、ちょっと頼りなくて不器用だ。

朝ゴハンのオムレツは焦げているし、切り分けてくれるパンは斜めになりがちだ。

今、リュカは作業台に向かって、一生懸命に薬の調合をしている。大瓶から出した粉の重さを量ったり、混ぜたり、練ったり、煮込んだり……。

手際の悪さは失笑ものだ。

しかし、ヴィヴィには不思議とこれでいいと思えた。その上、頑張っていることを褒めてやらねば…と、我ながら不可解なくらいの上から目線の評価も。

薬が出来上がると、今度は薬を少量ずつ小瓶に詰めたり、薬包紙に包んだりの作業に移る。

これもなかなか要領が悪かった。

リュカは同じ作業をまとめてやらない。小瓶をずらりと並べて薬を全て入れ終えてから順番に蓋を閉めていけばいいものを、一瓶ずつ薬を入れて蓋を閉めていく方法をとる。

粉薬のほうも一包一包仕上げていくやり方だ。

丁寧と言えば丁寧かもしれないが、零《こぼ》したり飛ばしたりといった失敗もたびたび引き起こす。

そのたびに悲鳴のような声を上げるのには、笑うより先に心配してしまう——大丈夫か、と。

それでも、昼前に薬の用意は完了した。

小瓶と薬包紙を籠《かご》の中に収め終わると、リュカはヴィヴィを振り返った。

「今日は森の南東に行くけど、ヴィヴィはどうする？　昨日の松葉杖《まつばづえ》の練習で疲れているんなら、お留守番しててもいいんだよ。森の中は暗くて怖いし…ね」

確かに疲れはあるが、ここでぼーっとしているよりは森に行きたい。どうしてか、森の外の様子を見なければならないという強い思いがあった。

（なぜだ？）

しかし、答えが出る前に、またしても自問の内容が分からなくなる。残ったのは一緒に行かねば…という気持ちだけ。

ヴィヴィは右脇の下に松葉杖を差し入れ、ぐにゃぐにゃした右足に体重をかけることなくゆらりと立ち上がった――つくづくこの身体の扱いには苦労だ。

「一緒に行くんだね？」

問いに頷くと、リュカが笑った。

「えらいね、ヴィヴィは。頑張り屋さんだ」

そう言って、やんわりと抱き寄せられた。

一方的に親しげな行為を繰り出されたことに、ヴィヴィは驚いて身を堅くしかけた。

それでもリュカはヴィヴィを簡単に放すことなく、そのつむじに顎《あご》を置き、背中をぽんぽんと軽く叩《たた》いてきた。

（子供に子供扱いされているな）

どういうわけか、ヴィヴィは自分が子供だという自覚に乏しかった。記憶を探っても曖昧《あいまい》なだけだが、どうやら心は大人であるらしい。

それでもリュカの身体は温かく、抱かれているのは心地良くないこともない。心身共にまとまりのない今のヴィヴィにはリュカだけが頼りなのだ。

十代後半の少年であるリュカにさほどの包容力があるわけではないが、そのぶん男臭さは皆無で、甘いような匂いがするのが好ましかった。

くるくるの赤茶色の髪の毛が額にかかるのがくすぐったくても、ヴィヴィはリュカを押し退《の》けずにじっとしていた。

そのとき、

「おいおい、なんのつもりだ？」

上から屋敷コビトの声が降ってきた——天井板を外したところから顔を出し、オリヴィエがこちらを見下ろしていた。

「見境のない行動は見逃せないぞ。その子は男だし、まだ幼い。恋愛ごっこの相手なんかさせるんじゃない」

「心外な！」

リュカは老いたコビトに口答えした。

「子供にはハグが必要でしょ。だから、そうしただけだよ。師匠が僕にしてくれたようにね。ヴィヴィはいい子だから」

「親心のつもりか？　スケベ心で人間を造ろうとしたくせに、よく言うぜ」

コビトはリュカを嘲笑《あざわら》い、顔を引っ込めた。

それでも、リュカは天井に向かって言い返した。

「動機なんてなんだっていいでしょ。こうして造ったからには、ちゃんと責任を持って育てていくつもりなんだから」

再びヴィヴィに向き直る。

「さあ、お昼ゴハンにしようね」

眩しいばかりの笑顔には、コビトが言ったような下心は見えない。

肉なしの野菜のスープと大きく切り分けたチーズで食事を済ませてから、森の中を南東の方角に向かった。

ロバに荷車を繋ぎ、深緑のマントを身に着けたリュカは手綱を引いて早足で歩いていく。

ロバの名前はヨーゼフ。

我慢強く、従順な性格だ。リュカがあれこれ話しかけると、まるで分かっているかのような相槌を打つなにやら賢げなロバである。

ヴィヴィは荷車に乗せられた。

「急ぐからちゃんと摑《つか》まってるんだよ。なにかに話しかけられても、返事をしたり、目を合わせたりしちゃダメだからね」

言い聞かせられた言葉から、森になにかがいて、それをリュカが怖がっていることは知れたけれども、ヴィヴィ自身は森の薄暗さも葉擦れの音もそう不気味だとは思わなかった。

荷台から次第に小さくなっていく屋敷を眺め、やがて見えなくなると、それぞれ個性的に伸びている木々に目を向けた——見覚えはあるような、ないような。

木々のほうも自分を見ている気がした。いや、木々の裏などに潜んでいる生き物たちの目だろうか。

『見ろよ、右目と左目の色が違う子供がいるぞ』

『それなら、あいつじゃないのか?』

『左目と腕一本を失って、やつはしばらくして死んだんだ』

『この子はまだ幼いね。おまけに、身体に人じゃない部分を持ってる』

『魔法使いの血筋ってことか?』

『どうだろう。魔法使いなら、食べてみたいものだ』

そんな話し声も耳に入ってきたが、ヴィヴィは聞こえないふりを装った。リュカが言ったように、彼らのことは無視したほうがいいと分かっていた。

(こちらが認識しない限り、あいつらはこちらに近づけないからな)

リュカとロバはあえて既存の道を避けていた。

おまけに、新しい道を作らないように、根が絡み合った未踏のところばかりを選んで進んでいく。

それが正しいということも承知している自分が不思議で、ヴィヴィは理由を自分の頭に探ってみる。

が、やはりなにも摑めないうちに思考は解《ほど》けていくばかり……。

(……オレはバカになったな)

もどかしさに、右手でぐにゃぐにゃした左腕を捻《ひね》り上げた——そうなのだ、これが人ではない部分だ。

(オレは一体なんなんだ?)

つらつら考えようにも、不安定に揺れる馬車がヴィヴィを昼寝に誘う。子供の身体は小さな胃袋が満たされると眠くなってしまうものらしい。


「着いたよ、ヴィヴィ。ここが南東の交換所ね」

リュカに声をかけられ、ヴィヴィは目覚めた。

それほど時間は経っていないのか、まだ日は高い位置にあった。襲ってきた眩しさに目をぱちぱちさせつつ、森を抜けたことを認めた。

森は背後で、前方は崖《がけ》っ縁《ぷち》だった。

崖の下には野原が広がり、そこを横切る川が見えた。川の上流の遥か向こうには集落らしきものがあるようだ。

ヴィヴィは荷車から降り、松葉杖に縋《すが》って立った。伸び上がるようにして眼下を眺めるも、すぐに遠近調節の不具合に襲われる。

(ああ、目もおかしい)

目眩《めまい》でふらつくヴィヴィをすぐにリュカが捕まえにきた。

「危ないから、そんな前に出ちゃダメだよ」

ヴィヴィはリュカにしがみつく。

リュカは支えているヴィヴィごと三歩ほど下がり、そこから説明的に語った。

「僕たちの森は国の南東寄りにあるんだよ。だから、ここからは国境線が近い。あの山脈を越えるともう隣の国なんだ。だけど、こっち側のお隣さんとは友好関係にあるから大丈夫。親戚なんだよ。ときどき王族同士が結婚しているからね」

ヴィヴィは頷いた——たぶん、知っている情報だ。

「危ういのは北側なんだって。やたらと戦争が好きな国だからさ」

それも知っている。

不意に、ヴィヴィの頭の中に真っ赤に染まった空が浮かんできた。

飛んでいるのは魔法使いたちが操っている怪鳥だ。

勇敢なことに、城を目掛けて飛んでくる爆弾を体当たりで破壊する。その結果、爆発に巻き込まれて断末魔の声を上げ、血液を雨のように降らせながら絶命していく……——。

(『こういうのが戦争なんだよ、怖いよね?』)

そう呟くように言ったのは誰だったろう。声は耳の奥で響いたのに、顔も名前も思い出すことが出来ない。

鳥肌が立ち、我知らずリュカのシャツを摑んでいた指に力が入る。

それに気づいて、リュカが抱き寄せてくれた。

「大丈夫、戦争はこの三十年間はなかったよ。僕には森の外のことは知りようがないけれど、なんらかの友好条約が結ばれているんだと思うよ」

明日は東、明後日は北東に行くから、北に向かうのはその次だとリュカは言った。つまり、八カ所ある薬の交換所を日替わりで巡っているのだ。

「明後日はこの国のお城が見られる。造られて二千年以上も経っているそれは立派なお城だよ。王さまとお妃《きさき》さま、可愛いお姫さまが住んでいるんだ、たぶんね」

国の情勢に興味がないリュカの王室イメージは、絵本の中そのままである。

思わず、ヴィヴィは笑ってしまった——整いすぎた無表情な顔が、笑顔によってどれほど愛らしくなるのかを知らないまま。

リュカの脳天気さを少々バカにした笑いだったにもかかわらず、リュカはそこには気づかずに、ただヴィヴィの可愛らしさに驚きを露わにした。

「笑えるんだね、ヴィヴィ」

両手でヴィヴィの頬を包んでくる。

「可愛いなぁ」

しみじみと言って、自分でも笑った。

癖の強い赤茶色の髪の毛に囲まれた顔は華やかで、その微笑は眩しかった――可愛いのはどっちだよ、とヴィヴィは思った。

ふっとリュカが真顔になった。

「こんなふうにさ、ただ笑い合うってことがしたかったんだ。オリヴィエは色気づいたとか冷やかすけど」

承認を求められていると感じ、ヴィヴィは頷いた。

「仲良くしようね」

もう一つ頷く。

リュカの全てを知ったわけではないが、リュカが単純で、それゆえに善良なことはもう分かっていた。

仲良くなるのに躊躇う必要はない。

「さて、荷物を受け取ろうか」

リュカはしゃがんで、巨木の根元にあった鉄の扉を開けた。

浅く掘られた地下収納には、牛乳や卵、小麦粉、お菓子などの食料品の他、新聞や衣類が収められていた。

これらを受け取り、代わりに午前中に揃えた薬をそこに入れる。

森の中へ引き返す前、リュカは訪問を告げる花火を打ち上げた。地面に火薬を詰めた筒を立て、その先端に火を点《つ》けるのだ。

パンッ！

明るい青空に花火は白く弾けただけだが、音はそれなりに大きかった。

ヴィヴィが目を丸くしたのは音の威力のためではなかった。リュカは花火に火を点けるとき、マッチを使わなかったのだ。

ヴィヴィはリュカの手を掴んで、その人差し指を見た——この先端から火が出たはずだった。

しかし、見たところは普通の指でしかない。

戸惑うヴィヴィにリュカは言った。

「僕はちょっとだけ魔法が使えるんだよ。どっちかというと、錬金術師は魔法を否定する立場にある。その弟子なのに、魔法を使えるなんておかしいんだけど、もう師匠もいなくなっちゃったし…ね」

そう説明しながら、リュカはもう一度指に火を点けてみせた。

ヴィヴィは口をあんぐりと開けてしまった。

「あと出来るのは、これくらい」

掌を開き、真ん中から水を溢《あふ》れさせた。

「錬金術だとなにもない状態から物を出現させるのは有り得ないわけだけど、魔法は無からも出せちゃうんだよね。面白いよね」

面白いどころか、これは……！

「でも、僕が出来るのはこれだけ。他にはなんにも出来ないよ」

これだけとリュカは言ったが、呪文《じゅもん》を口にせずに魔法を使用することが出来る魔法使いはそうはいないはずだ。

言葉として発することが出来ないので、興奮は飲み込むしかない。

それにしても、自分はなぜそれを知っているのだろう。

（オレの知識はどこからだ？）

ヴィヴィは溜息《ためいき》を吐《つ》いた——自分で自分が分からない、と。

溜息の意味を勘違いして、リュカが言った。

「ちょっと残念だよね？」

ヴィヴィはそんなことはないと頭を横に振ったが、リュカは少し自虐ぎみに笑った。

「オリヴィエの言う通り、僕は出来損ないなんだよ。なんでも中途半端だ」

そんなことはないとヴィヴィは首を横に振り続けた。

「でもね、お師匠さまはそれでもいいって言ってたんだ。僕のしくじりが世界を滅ぼすことはないし、もし僕のしくじりで滅ぶような世界ならいっそ滅んでしまったほうがいいって。眼帯を着けた顔はいかつかったけど、僕にはいつも優しかったんだよ」

帰りの道中もリュカとロバのヨーゼフは道なき道を進み、ヴィヴィは荷車に積まれた雑多な荷物と共に揺られた。

岩と岩の間から染み出した水の流れを跨《また》いで少し行くと、花が咲き乱れている広場に出た。木が生い茂った森は通年ひんやりとしているが、季節的には春の終わりだ。日差しが届くところでは多くの植物が花を咲かせる。

色鮮やかな花畑の上を白い蝶《ちょう》がひらひらと舞っていた。

その情景をうっとりと眺めているうち、草花に埋もれるようにしてグロテスクな金属の残骸《ざんがい》が存在しているのに気づいてしまった。

ヴィヴィが指差すと、リュカが説明してくれた。

「あれはね、ずっと昔の戦争の道具なんだって。今は錆《さ》びた金属の塊だけど、爆弾を抱えて空を飛んでいたらしいよ。先っぽの部分から特殊な光線も出せたんだって。信じられる?」

頷くだけのイメージを持てず、ヴィヴィは少し首を傾げた——魔法使いが操る怪鳥なら分かるが、こうした金属が飛んでいた時代は遠すぎる。

リュカはさっき受け取ってきた荷物の中から菓子と牛乳を取り出し、ヴィヴィに分け与えながら彼が知る歴史をぽつぽつと語った。

「金属を使う文明は、爆弾の落とし合いの果てに滅びたよ。三千年くらい前かな。空が黒雲に覆われ、怪物や魔獣、妖獣が跋扈《ばっこ》するようになってしまって、人間は地面の下で暮らすしかなくなったんだって。でも、神さまがフェニックスを飛ばして黒雲を払ってくれた。光を嫌った魔族たちはわずかな暗闇に身を寄せ、また人間たちの時代に戻った。世界各地でフェニックスを奉った者が王になり、フェニックスの息に触れた魔力を持つ者たちが王を補佐する役職についたんだ。でも、平和はずっとは続かなかった。人間は欲が深いし、魔法使いは自惚《うぬぼ》れが強かったからね」

ヴィヴィはその先を聞きたくてリュカを見つめたが、話はそこまでだった——彼は森の外の世界に興味がない。

(まぁいいか)

その先のことは知っているので、不満とまではいかない。

(だから、なぜオレは知っているんだ?)

無駄とは思いながらも自分にしつこく問うも、やはり今回も結論には行き着かない。

思考が途切れないように集中したつもりだったが、すぐになにが問いだったかも分からなくなってしまった。

もどかしさだけが残る。

「どうしたの、ヴィヴィ?」

説明する言葉がないので、ただ悲しげに首を横に振るだけだ。

「心配しなくても大丈夫だよ。もしなにかあっても、ヴィヴィのことは必ず僕が守るからね」

優しく見つめてくるリュカの瞳は澄んでいた。

リュカに嘘《うそ》はない。彼の頼りなさはもう分かっていたが、自分がなんの条件もなく好かれているのは確かだ。必ず守ると言われて嬉しくないこともない。

ヴィヴィが手を差し伸べると、リュカは躊躇うことなく握ってくれた。

と、そのとき、風もないのに木々がガサガサと揺れた。

ただならぬ気配を感じてヴィヴィは身構えかけたのに、臆病なはずのリュカが怯《おび》えを放たなかった。

「たぶん、こっちの森の守護者だよ。恥ずかしがり屋だから、出てこないんだ」

リュカが説明する。

「ああ、忘れるところだったな。彼に特別な食べ物を持ってきたんだっけ」

リュカは荷台にずっと積んでいた包みを出し、平たい石の上で広げた。それはうさぎ一匹を丸ごと焼いた肉の塊で、なにやら金色っぽい粉を全体にまぶしてあった。

ヴィヴィが喉を鳴らしかけたのは、美味しそうな焼き肉を見たからではない。肉よりもまぶしてある粉が気になった。

(この粉は?)

なんなのかはどうでもいい、ヴィヴィにはそれが自分に必要なものだと直感的に分かった。どうにかして口にしなければならない。

「うさぎの肉だよ。一昨日、罠《わな》に三羽もかかってたんだ。守護者たちは森の動物を殺さないと誓いを立てているけど、たまには肉を食べないと身体が維持できないからね。美味しそう? 夕飯に食べようね。僕たちの分はオーブンの中に入れてきたよ」

うさぎが食べたいわけではない。

金の粉だ。

ヴィヴィは口の中が乾いてくるのを意識した。

「さ、真っ暗にならないうちに、やるべきことをやって戻らなきゃね。今日は満月みたいだけど、森の中にまで月光は届かないかもしれないから」

ここでリュカは薬の材料になる木の皮や植物を採集した。

頼まれて、ヴィヴィも何種類かの花を摘んだ。石鹸《せっけん》の香りづけにしたり、花のパワーを込めたエッセンスを作るのに使えるらしい。

リュカが自分に背を向けて作業に勤《いそ》しんでいたほんのわずかの間に、ヴィヴィは守護者のために用意された肉を舐《な》めてみた――表面にまぶしてある粉を。

味は期待していなかったが、うっすらと甘かった。それは口の中に広がり、唾液《だえき》に絡んでしゅわわと溶けた。

すると、どうだろう。にわかに視界のぶれがなくなり、曇りがちだった頭の中がぱっと明るくなったではないか。

（ありがたい！）

出来れば、もう一舐めしておきたい。

もしかしたら、口が利けるようになるかもしれない。聴覚も安定するかもしれない。杖無しで歩けるようになったら万歳だ。

しかし、それは叶《かな》わなかった。

ロバのヨーゼフが肉を舐め始めたからだった。さすがにロバに顔を寄せて肉を舐める気にはなれなかった。

（おいおい、ロバは草食のはずだろ？）

少なくとも、それで毒性はないものと分かった——ロバさえ舐めたがる不思議な金色の粉。自分に及ぼした作用を考えると、ヨーゼフが妙に賢いのもさもありなんである。

背後でそんなことが行われていたとはつゆ知らず、荷車に採集したものを積み終えたリュカがこちらを振り返った。

「さ、ヨーゼフ。繋ぐからこっちに来て。ヴィヴィも荷台に乗るんだよ」

大人しくそれに従う。

(たぶんあの粉は家の中にあるだろう)

おそらく特別なものだろうが、迂闊《うかつ》なリュカが保管を厳重にしているはずはない。探すのはきっと容易に違いない。

荷車に座り、それでも未練がましくヴィヴィはうさぎの肉を振り返った。

ちょうど守護者らしき者が、肉を食べようと森の中から出てきたところだった——それは昆虫と爬虫類《はちゆうるい》を掛け合わせたような異様な姿をしていたが、なぜか恐ろしいとは思わなかった。

悲しげな目をしていた。

なんというか、目に情緒が見えた。

(……あれは怪物なんかじゃないぞ。たぶん、人間だ)

夕飯にうさぎの蒸し焼きを腹いっぱいに食べた。その肉には特別な粉はまぶされていなかったが、とても美味しかった。

＊

その晩、リュカとヴィヴィは早めにベッドに入った。

満月の夜にはオオカミが遠吠《とおぼ》えをするので、それに煩わされる前に寝たほうがいいというのがリュカの主張だ。

安全な家の中にいるのなら、オオカミの遠吠えを聞くのは別に構わなかったが、ヴィヴィはリュカにすんなり従った。

二人は広いベッドを一緒に使っている。

手足が不自由なヴィヴィが夜中に困らないようにというリュカの配慮だったが、それをありがたいと思う以上に、ヴィヴィは寄り添うリュカの体温や匂いが好きなのだ。

布団に入ると眠くなるのは早かった。

自覚してはいなかったが、疲れていたようだ。身体がなにかと不自由なので、それを庇って行動するせいで疲労がすぐに蓄積する。

リュカが読んでくれる本が終わらないうち、ヴィヴィは瞼をぴったり閉じていた――その本のありきたりなストーリーには興味はなく、ただリュカの声を聞いていた。

柔らかくて甘いリュカの声音はちょうどいい子守歌だ。

「ヴィヴィ、寝ちゃった？」

リュカの問いには辛うじて頷いた。

「返事が出来るんなら、まだ寝てないじゃない」

指摘して、リュカがくすくすと笑う。

その笑い声も気に入っている。

ランプを消し、肩を掛け布団にくるみ直してもらったところまではうっすらと意識があった。額にキスをされたのは夢だったかもしれない。

ヴィヴィは深い眠りに落ち、真夜中に黒猫のヴァランタンが起こしに来たときもなかなか目が覚めなかった。

『起きてよ、ヴィクトール…いや、今はヴィヴィか。きみにお客が来てるよ』

それは誰だと心の中で問うと、闇に姿が溶けている黒猫は答えてくれた。

『森の守護者たちだよ。今日、花畑にいるやつに会ったんだって？』

うさぎの肉に屈み込んだ、グロテスクな悲しい生き物の姿が思い出された。覚えていられたのは印象的だったからか、あの金の粉を口にした効果なのか。

（リュカじゃなくて、オレに？）

『満月の夜は、リュカは寝かせておいたほうがいいよ』

それにしても、なぜ黒猫の言葉が分かってしまうのか――この猫が特殊なのか、自分が人間ではないからか。

つくづく不思議なことだらけだが、受け入れられないことでもない。

温もりに後ろ髪を引かれつつ、ヴィヴィはリュカを起こさないようにそっと布団を引き上げた。

ベッドから床に滑り降りる。

立ち上がるには杖が必要だったが、分厚いカーテンのせいで真っ暗なためにどこにあるのか分からなかった。

『杖はここだよ』

猫は言うが、その姿も見えない――暗闇に二つの目だけが光っているだけだ。

ヴィヴィが人差し指の先を意識してみたのは、ほんの思いつきだった。

それが出来たらいいなとチラとは考えはしたが、リュカのように自分もそこに火を点けられるとは予想していなかった。

実際に指先から火が出たときには、腰を抜かさんばかりに驚いた。

（魔力は伝染る…のか？）

違う、魔力は生まれつきのもの——当たり前の知識として、ヴィヴィはそれを知っている。魔法使いは魔力を持って生まれ、それを使いこなす訓練を受けて一人前の魔法使いになるのである。

（では、オレも魔法使いになれる？　もちろんリュカも魔法使いということになるが……自分でも言っていたけど、魔力を伸ばさず、錬金術師になっているのはおかしなことだ）

魔力があるなら、使わずにいるのは損である。

ともかくも、その揺らめく小さな炎のお陰で杖は見つかった。

杖に縋ってヴィヴィはなんとか立ち上がり、黒猫の気配を追って部屋を出た。

眠っているリュカに対して罪悪感を抱くも、最初から自分は無邪気な子供ではない。沢山の疑問を解決する糸口があるなら、それを摑む機会は逃したくなかった。

黒猫の後について、寝室から廊下へ……ついには裏口から古井戸がある裏庭へ降り立った。

皓々《こうこう》たる満月の下、聞こえてくるのはオオカミの遠吠えではなく、人間のものにしては大きすぎる寝息やいびき、寝言の類だった。

リュカが怖がっているのはこれかと思った。

いつもは重たい鉄の蓋をしてある古井戸が開けられていて、その盛大な寝息はそこから聞こえていた。

井戸が吐き出しているのはそればかりではない。中から黒っぽい煙のようなものが浮き上がってきて、丸い月に向かってゆらゆらと飛んでいくのが見えた。

（……あれは、なんだ？）

思わず頭の中で呟いたが、ヴィヴィは知っているような気がしていた——満月の夜にしか放出してはいけないもの。

おそらく肉にまぶされていた粉を舐めたせいで、思考力は継続するようになったが、沈みきった記憶はまだ呼び起こせない。

（この世に存在するようになって、オレはまだ数日ってところのはず……？）

それなのに、自分の過去が見え隠れする不可解さ。不気味さ。

自分はどんな人間だったのだろう。

しかし、必ずしも自分の過去ではないのかもしれない。未熟な技でリュカが造った身体に、誰かの魂が呼び寄せられたのではないだろうか。

『ヴィヴィ、こっちだよ』

ヴァランタンの声かけに目を向けると、黒猫は屋敷コビトのオリヴィエの足元にいた。

今度は手招きするオリヴィエに従って森の中に分け入っていく。

「来たな、ヴィヴィ」

（！）

そこにいたのは四匹の怪物だった——いや、思慮に裏打ちされた悲しげな目は確かに人間のもの。化け物そのものである奇怪な身体に、嫌悪や恐怖が湧いてこないのはそれゆえだろう。

なぜこんな姿になってしまったのか。

『……ああ、王子だ』

『このように、再び会えるとは』

実際には怪物の唸り声だったが、彼らの言葉はヴィヴィの頭の中に流れてきた。ヴァランタンの場合と同じように。

不意に湧いてきたのは慈愛とでも言うべきもの。それに促されるまま、ヴィヴィは彼らに手を伸ばした。

トゲだらけ、ねばついた皮膚、あるいはごわごわした毛皮を撫でるうち、なぜか涙がつつーっと頬を伝った。

『お泣きなさるな』

『我らは望んでこうなったのだから』

ひたすら胸が痛む。

『あなたがここに住まうなら、我らには生きる目的がまた出来たということ。喜んで今後も森の守りを続けましょう』

『出来ることなら王城へお連れしたいが、あなたと共にあることが我らの幸せ』

そんな忠義のセリフを残し、怪物たちは四匹別々の方向へと去って行った。

一人その場に立ち尽くし、しばらくヴィヴィは茫然《ぼうぜん》としていた――頰を濡《ぬ》らす涙を吸ってくる者に気づいて、目を合わせるまでは。

ギョッとして、ヴィヴィは声無き声を上げた。

女の顔に鳥の身体がグロテスクな怪物だった。

「驚かんでいい、満月に浮かれ出よったハーピーだ」

オリヴィエに石を投げつけられ、怪鳥はケケケと品性の無い笑い声を立てて飛んで行った。

「裏庭まで戻ろう。アンデッドまで出てきたら厄介だからな」

屋敷コビトの後について、裏庭まで引き返した。

小さな池の畔《ほとり》に朽ちかけた東屋がある。

促され、ヴィヴィはステップを上がり、ベンチにオリヴィエと並んで腰をかけた。

くだんの古井戸は池の向こうだったが、中から聞こえてくる荒々しい寝息やいびきはここまで届いた。

断続的に吐き出される黒い雲状のものもよく見える。月に向かってゆらゆらと上っていくと思いきや、空の中ほどで跡形もなく霧散していた。

古井戸の手前には墓が並んでいた。墓石の代わりに剣を刺しているものがあり、その物々しさに胸が騒いだ。

遅れて、ヴァランタンもベンチによじ登ってきた。ヴィヴィが手を伸ばすと、黒猫は膝の上に丸くなった。

しなやかな身体を撫でながら、くだんの四匹との手触りの違いに溜息を吐く。

望んでと言っていたが、あんな姿になることを誰が望むというのだろう。

(……彼らはオレを王子と呼んだ)

王子とは、言うまでもなく王の息子だ。

王とは国を統《す》べる者。

(まさか、オレが?)

その心の呟きを聞いたかのように、オリヴィエが言ってきた。

「王子だよ、お前さんは。王子として生まれたんだ。そして、さっきの怪物たちはお前さんの守《も》り役だった者たちだ。魔法使いの血を引く長寿の王子に仕えるために、不老不死を願ったんだ。錬金術師の技量が拙《つたな》いばかりに、あんな姿になってしまった。もうこの森以外では暮らせないだろうな」

（王子に生まれ、守り役たちに傅《かしず》かれた？　オレには過去があったということか）

「なんと、全く覚えていないのか」

がっかりの溜息を吐いたオリヴィエに、ヴィヴィは苛《いら》立《だ》った――非難される覚えはない、と。

（状況を把握したり、記憶を探ろうとする以前に、身体の不具合に振り回された。とにかく五感が不安定で、手足を操るためにはコツがいるんだよ）

「そこまで不完全だったとは……まぁな、錬金術はまだ発展途上の段階にあり、命あるものを扱うのは難しい。長らくタブーとされてきた」

ヴィヴィはそうだろうなと頷いた。

（ところで、守護者に食べさせる肉にまぶしてあった粉に心当たりはあるか？　あれを舐めてみたら、視力や思考力にまとまりが出るようになった）

「さもありなん。あれは『賢者の石』を砕いた粉だからな」

（『賢者の石』？）

それには答えず、オリヴィエは気の毒そうに言った。

「魔力があるとはいえ、半人前の錬金術師とも呼べないような者が錬成したのだから、人の形になれたことだけでも幸いと言えるのかもしれん。リュカは善良な子供だが、うっかり者すぎる。ちなみに、お前さんの髪の毛と血を収めた小瓶を錬金窯に入れたのはわしだ。お前さんにまた会いたかったんでね」

自分を造ったのはリュカだというのは分かっていたが、その身体に特定の魂を呼び込んだのはオリヴィエだったとは。

つまり、リュカはヴィヴィが誰であるのか分かっていないのだ。分からないまま、制作者としてヴィヴィの世話をしている。

(どうやら、オレはあんたと話をする必要がありそうだな)

「疑問には出来るだけ答えたいが、相手の心を読む作業はわしをえらく消耗させる」

ちょっと待ってろと言って、オリヴィエは一旦《いったん》屋敷の中に入って行った。戻ってきたときには一本の瓶を抱えていた。

瓶には花が詰めてあった。

「上手くいくか分からないが、試しにこれを一口か二口飲んでみて欲しい。満月の夜だから、上手くいく可能性が高い」

子供の腕には重すぎる瓶を持ち上げ、アルコールかと覚悟して口に入れたものはビネガーだった。

つんと鼻にくる酸っぱい匂いが喉に絡み、激しく噎《む》せた。

喉を整えるために何度か咳払《せきばら》いをした後で、不思議なことにヴィヴィは声を使って話せるようになっていた。

「ど…どういうことだ?」

身体に相応《ふさわ》しい子供の声だ。

それでも、会話が出来るのはありがたい。

「お前さんを錬成するときに一番まずかったのは、リュカが窯にゴム手袋を入れちまったことだな。喉がゴムで出来ているとするなら、酢がいいかと思ってね。植物のパワーも籠もっているし、今夜は悪夢を放ったせいで空気中に魔力が漂っている」

「なるほど」

ゴムと酢――物質の特徴を考慮し正しい組み合わせだった。

「まあ、一時的にゴムの性質を抑えられているだけかもしれんが」

ヴィヴィは早速オリヴィエを質問攻めにした。自分の過去だそうな錬金術師ヴィクトール・コルベールの人生を知るために。

今から二百年以上前、ヴィクトールは国王とその側近だった魔法使いの間に生まれたという。

国王の庶子は森の中で魔法使いたちにこっそり育てられていたが、とある突発的な事故でほとんどの魔力を失ってしまう。魔力のない者は一族の上に立てない。それ以後は錬金術師に預けられ、そうなるべく修業を積むことになった。

当時、魔法使いたちは権勢を誇り、怪鳥や妖獣を操って戦争を苛烈化《かれつか》させた。

これでは世界が滅びてしまうと各国間で友好条約が結ばれ、責任を負わされた魔法使いたちは無期限の眠りに就かされることになった。

このとき、この国における彼らの寝所の番人に任命されたのがヴィクトールの師匠だった。

幼いヴィクトールも母親と共に眠りに就くところだったが、この子には魔力がないと師匠が主張したために許され、四人の世話役たちと共にこの森に移り住むことになった。

そして、師匠の死後はヴィクトールが寝所の番人となった。

「魔法使いたちの寝所がこの古井戸の中だとすると、あの気味の悪い唸り声は彼らの寝言なんだな」

「やつらは目覚めることを許されるまで、ずっと悪夢にうなされ続ける運命なんだ。ごらん、あの黒雲が彼らの悪夢だ。番人に選ばれた者は、地下に溜《た》まった彼らの悪夢を定期的に放出しなければならない。満月の夜を選んでするのは、ほとんど全ての魔族たちが出て来られないからだ。悪夢と共に吐き出される魔力をやつらに悪用されたら厄介なことになる。お前さんがいないときは、この番人の仕事をオレが代わりにやってきたよ。悪夢が地下に溜まり、爆発や暴走を引き起こすようなことになってはまずいからな」

魔法使いたちが姿を消すと、各国の王室では錬金術師が重用されるようになったという。今現在、国王の相談役になっているのは錬金術師だ。

ヴィクトールは独学を重ねて当代一と言われる錬金術師になったが、乞われて入城した際に王侯貴族の争いに巻き込まれた。オリヴィエは本人が言っただけのことしか知らないが、技を悪用されるなどの裏切りにも遭ったらしい。

人間不信で失意のままに森へ帰ってくると、外の世界とは薬のやりとりのみにして、百年余りを淡々と過ごしたという。

「で、孤独を拗《こじ》らせた末に…リュカを？」

半信半疑でヴィヴィは言ったのだが、オリヴィエはそうだと頷いた。

「たぶん、そういうことだったんだろうと思う。リュカを造るとき、彼は創造主に左目と右の腕、寿命二十年を渡してしまった。それだけ側に置く人間が欲しかったんだろうな。その割にはとんだ出来損ないだったがね」

「出来損ないかな？　リュカはいい子じゃないか」

「浅慮で、臆病で…ずっと子供のままで成長しない。善良なだけ。ヴィクトールがなぜリュカなんかを庇って死んだのか、わしには理解出来ないんだよ」

首を横に振りながら、オリヴィエは苦虫を噛《か》み潰したような顔をした――自分は古い友だちを失ったのだ、と。

「わしはこの屋敷に宿った者で、人間ではない。ヴィクトールの母親の師匠だった魔法使いがここを建てたときから存在し、魔法使いや錬金術師の他、彼らの召使いたちの営みを興味深く見てきた。ヴィクトールのことは生まれたときから知っている。そして、誰よりも長く一つ屋根の下で過ごしてきた」

もじゃもじゃの眉毛の下で、オリヴィエの瞳がふっと和らいだ。

躊躇いながら言ってくる――頭を撫でてもいいか、と。

「いいよ」

ヴィヴィが許可すると、節くれ立った短い指でさらさらの金髪を梳《と》かした。

「可愛くて、賢い子だったよ。かくれんぼして遊んだものだ。誰よりも幸せになってほしかったんだが……」

オリヴィエの願いは果たされなかった。

ざっと聞いたところだと、自分の過去――いや、ヴィクトール・コルベールという錬金術師の人生は明るいとは言えない。

王と魔法使いの間に生まれた庶子で、錬金術師とならざるを得なかった孤独な男。友人や恋人がいた時期もあったかもしれないが、彼の寿命につき合える者はいなかっただろう。

彼がどんな思いでリュカを造り、リュカを庇って死んでいったのかは今はまだ想像に余る。

ヴィヴィは言った。

「今聞いた話、オレには自分に起きたことだとは思えない。記憶がほとんどないからな。上手く言えないが、オレはヴィクトール・コルベールそのものではないんだと思う」

オリヴィエは髪を撫でる手を止め、ヴィヴィの顔を覗《のぞ》き込んだ。

「……そうだな、お前さんはヴィヴィだ。この髪も左右の色が違う丸い瞳も幼い頃のヴィクトールのままだが、雰囲気はまるで違っている」

「ヴィヴィとして生きてもいいか？」

許可を求めたのは、自分をこの世に呼んだのはオリヴィエだからだ。

「それはどういう意味だ？」

「錬金術師ヴィクトール・コルベールとして生き直すことは出来ないって意味だ。番人の仕事はこれまで通りにオリヴィエがするといい」

「………」

「だって、オレはヴィヴィなんだ。ヴィヴィという一人の男として、単純に楽しく暮らしたいと思っても罰は当たるまい。陰気な過去や番人の義務に縛られるのはご免だ」

「森を出て適当な娘と結婚し、家族を持つか？　それもいいだろう。ヴィクトールには出来なかったことだ」

いや、とヴィヴィは首を横に振った。

「今のところ、森から出ようとは思っていないよ」

身体の不具合や子供の姿だということもあるが、なにかを期待して自分を造ったリュカを思うと彼を置いていく気にはなれなかった。

不器用なのに、一生懸命世話をしてくれるリュカ——その抱擁の温かさや匂いが、今の自分には必要だと思う。

リュカに自覚があるのかは分からないが、寂しかったに違いない。

「家族はすでにここにいる。オリヴィエとヴァランタン、そしてリュカだ。まずはこの家族で幸せを目指す。それでどうだ？」

黒猫がニャーンと同意すると鳴いた。

同居人と家族は違う。

「家族…か」

嚙み締めるように言葉をなぞり、長すぎる人生ですっかり皮肉屋になっていたオリヴィエもまんざらではないという顔をした。

ヴィヴィが寝室に戻ったのは明け方だった。

リュカはまだぐっすりと眠っていた。その傍らに滑り込む前に、ヴィヴィは指に火を点して
　そのあどけなさが残る寝顔を眺めた。

　くるくると渦を巻く赤茶色の髪に、そばかすの浮いた色白の顔が埋まっている。頰のところでくるんと反り返った睫毛が可愛らしい。柔らかそうな唇は少し開いていて、真珠のような白い前歯がチラと見える。

『リュカのやつ、呑気《のんき》に寝てるね』

　先にベッドに飛び乗ったヴァランタンが呆《あき》れたように言った。

「オレの世話で疲れてるんだろ」

『子供が人形遊びをしてる感じだよ、こっちから見れば。自分を能力以上に思えて、満たされてるんじゃない？』

「幸せってことか？」

『幸せとかそうじゃないとか、リュカは考えないと思うけどね。なんたって、天気が良いってだけで嬉しくなるようなやつだもの』

確かに、悩みのなさそうな寝顔だ。

魔法使いの寝所の番人だった錬金術師は、百年もの孤独の後でどんな意図でこの子を造ったのだろう。この子の存在は慰めになっただろうか。

ヴィヴィは自分をヴィクトール・コルベールだとは思えないでいるが、彼がリュカを庇って死んだことを愚行だと断じるつもりはない。

死後三十年経ってもリュカがこの森で生きていると知れば、ヴィクトールは喜ぶのではないだろうか。

浅はかで不器用かもしれないが、純粋に一生懸命生きているリュカだ。ヴィヴィを育て、守りたいという言葉はきっと心の底から。

(……可愛いな)

ヴィヴィは屈み込んで、その滑らかな額にそっと唇を落とした——衝動的な行為だったが、唇を放したときも後悔はなかった。

『それは家族としてのキスかい?』

黒猫が尋ねてきたが、自分でもよく分からなかった。

親に対するような気持ち…とは違う。精神的にはヴィヴィのほうが遥かに年上だ。だから、子に対するような気持ちかもしれない。

「身体的には今オレのほうが幼く、手足の不具合はいかんともし難い状態だ。嬉々《きき》としてリュカに世話をされている。それでも、自分を守りたいと言ったリュカを自分のほうが守らなければ…と思うんだ。おかしなことにね」

『そんな、思い詰めなくてもいいんじゃないの？』

あくびをしながら、ヴァランタンが言ってきた。

『リュカは頼りないから、すぐにヴィヴィのほうが守る側に昇格だよ』

「そうかもしれない」

『それにしても、リュカはなかなか大人にならないな。ヴィヴィを造ろうとしたときは、恋人が欲しいからなんて言ってたんだけどさ』

「恋人を持とうなんて、百年早いんじゃないか」

『だよね』

笑いながら請け合って、ヴィヴィは布団の中へと潜り込んだ。

温もった布団にやんわりと包まれる。すぐ傍らにあったリュカの尖《とが》った肩先に額をつけて、安らかな呼吸に耳を傾けた。

眠りはすぐに訪れた。

寝入りばなに思ったこと――ヴィクトールの髪の毛や血液がヴィヴィを形成したというなら、

リュカを錬成する際にヴィクトールは誰の髪の毛や血液を使ったのだろう。

オリヴィエが知っているなら、聞いてみたい。

(赤茶色の巻き毛で青紫の瞳をした人だったはずだ)

その人とヴィクトールはどんな関係だったのか。

(師匠だったら面白いな。弟子が師匠を復活させるというループが、二回繰り返されたことになる)

しかし、リュカには魔力があるのだ——ヴィヴィと同じように。

赤茶色の巻き毛の人は魔法使いだったのではないだろうか。

幼いときに魔力を失って錬金術師になったとはいえ、ヴィクトールは魔法使いの血を引いている。だから、指先に火を生じさせることが出来るし、猫の言葉も分かるのだ。

そうでなくても、全魔法使いが無期限の眠りについているときになって、あえて魔法使いを錬成したヴィクトールの意図は……？

答えを出すにはもっと情報がいる。

今考えてもすぐに分かることではないと判断すると、ヴィヴィはちょうど押し寄せてきた眠気の波にこれ幸いとばかりに身を投じた。

3　ヴィヴィの成長

洗面台の上に掛けてある鏡に顎《あご》まで映せるようになって、ヴィヴィは鏡の中の自分にニッと笑いかけた。

白っぽかった金髪も幾分色が濃くなり、あどけないばかりだった顔も心なしか引き締まって見えた——満足である。

昨夜は三回目の満月で、魔法使いたちの悪夢が溶けた空気を吸った。

研究室の引き出しに入っていた『賢者の石』をこっそり齧《かじ》ったことも関係してか、ヴィヴィの見かけは十四歳くらいにまで成長した。

昨日まではリュカの肩くらいの高さだった背が、今朝はもう目の下くらいになっている。

(今回はさすがのリュカも気づくだろうな)

驚きの声を上げられたら、どうしようかと思う——惚《とぼ》けてみせるか、困ってみせるか。

叫ばれてしまったら、手で口を塞《ふさ》ぐよりはいっそ唇で塞ごうか。ちょっと背伸びをすればそれが出来る。

まるで思春期の発想だ。外見がそうだと、中身まで浮ついてくるのか。

それにしても、無垢《むく》なリュカはどんな顔をするだろう。笑うか、怒るのか。想像すると、わくわくしてくる。

（いや、さほど顕著な反応にはなるまい。ただ茫然《ぼうぜん》とオレを見つめてくるだけだろうな）

ヴィヴィがあれこれ想像しながら杖《つえ》に縋《すが》ってダイニングに入っていくと、リュカは台所用ストーブに向かっていた。

気配に気づいてか、振り向いた。

「おはよう、ヴィヴィ」

今朝も満面の笑みだ。

リュカの不機嫌な顔はあまり見たことがない。

しかし、ヴィヴィはこくりと頷《うなず》いただけ――花のパワーを込めた酢を飲めば数時間話すことが出来るのが分かっても、リュカの前ではまだ全く言葉が発せないふりをしている。

発語がないことで、リュカはヴィヴィを幼い子供として扱った。

身体の成長に気づきにくい一因はたぶんそれだ。もちろん、リュカがうっかり者だということも無視出来ないが。

ヴィヴィはわざとリュカの傍らに立った。

フライパンの中身が見えた。目玉焼きである。二つ分の卵が焼かれていたが、割り方が悪かったらしく、一つは不様に黄味が破れた状態だった。

(右手だけしか使えないが、たぶんオレのほうが上手く割れるな)

本当は、リュカに代わってヴィヴィが食事などの家事労働を担ってもいい。

満月の夜に魔力を浴び、その上で『賢者の石』を齧っても、ゴム手袋の影響を大いに受けた左腕と右足が治ることはなかったが、ヴィヴィはもうその不具合とのつき合い方を覚えつつあった。

しかし、それもリュカには知らせていない。

善良な保護者であるリュカは喜んでくれるだけで家事を担わせようとはしないだろうが、ヴィヴィはリュカにまだしばらくは子供扱いされていたかった。

身体の急成長を誤魔化すという目的以上に、自分に対して大人ぶるリュカがなにやら可愛くて堪《たま》らなかったのである。

「もうすぐ出来るよ」

フライパンに目を落としたままで、リュカは顔を上げられないでいる。

もう一方のコンロではヤカンがぐらぐらと限界を迎えようとしていたが、こちらまでは気が回らない。

指摘しようとした仕草を読み違えられた。

「大丈夫、ヴィヴィには破れてないほうをあげるからね」

そんな喜ばせを言ってくる。

ヴィヴィは少しだけ伸び上がり、リュカの頰にキスをした。

「へ？」

驚いたリュカがすぐ傍らにいるヴィヴィのほうを向いたが、目線の高さが違ったことには気づかずに、料理の邪魔をしないでくれと言ってきた。

「火を使っているとき、ふざけたら危ないんだよ」

内心で、ヴィヴィは笑うしかない。

笑いを堪《こら》えながら、リュカの身体に腕を回した。

「なんなの、甘えて……怖い夢でも見た？」

気遣う言葉に、首を横に振って否定を伝えた。

「もしかして、熱でもあるとか？」

心配そうに顔を覗《のぞ》き込んで、額にぴたりと掌《てのひら》を当ててくる。

至近で見つめ合うのは照れ臭かったが、リュカが大真面目なのでヴィヴィは目を逸《そ》らすことが出来ない。

「なさそうだね、よかっ……——わわっ、焦げちゃうよ！」

今朝も愛すべきリュカである。

朝ゴハンは少し火が入りすぎた目玉焼きにパン、昨日手に入ったばかりの質のいい紅茶だった。ヨーグルトもある。

今日もおそらくは午前中に薬を調合し、午後にそれを運んでいくルーティンに変わりはない。

昼食を食べた後、リュカはヴィヴィに一緒に行くかどうかを尋ねてきた。

ヴィヴィは首を横に振り、手近にあった絵本を持ち上げてみせた。ここに残って本を読んでいるという意味である。

「ああ、その絵本……僕も大好きだよ。何度も読んだ。英雄ってカッコイイよね。彼にしか使えない宝剣を手にしたときなんか、すっごくドキドキしたもの。でも、お城にきれいなお姫さまが待っているのに、蛇女に誘惑されそうになるなんて…ちょっとバカみたいなところがあるんだよ。あ、これ以上は言わないね。これから読むんだもんね」

ヴィヴィにはネタバレ配慮は無用だったが、リュカの感想にはちょっと反論したかった——英雄は色を好むものだ、と。

この辺りを解さないということは、リュカの精神年齢はまだまだ思春期以前なのかもしれなかった。

「いい子でお留守番しているんだよ」

そう大人ぶって言ってから、リュカは一人で出かけて行った。

ここのところ、ヴィヴィは同行を断っている。

森の内外を窺《うかが》うことに焦燥とでも言うべき強い感情を抱いたのは最初の頃だけで、八つの方角を順番に二巡したところで危惧《きぐ》すべきことはなにもないと見越し、落ち着いた——王子に生まれた記憶がどこかに残っていたのかもしれない。

森を歩き慣れたロバのヨーゼフのお陰で道中はスムーズだったし、交換物資も滞りなく準備されていた。

交換所である八カ所のどこから見ても長閑な風景ばかりだった。

北東に向かったときに遥か彼方に見た王城も立派で、どこにも異常は見受けられなかった。

フェニックスの廟《びょう》も同様である。

(平和そのものじゃないか、素晴らしいことだ)

魔法使いがいなくなって、本当に紛争が起こらなくなったということか。

古井戸の中から聞こえてくる寝息やいびきを思い出しては複雑な気持ちになりかけるも、ヴィヴィは自分がこの国の情勢を気にする必要はないとの結論に達した。

留守番をするときは、もっぱら読書に勤《いそ》しむ。もちろん童話や絵本を見るのではなく、この家にある膨大な書物を次々と紐解《ひもと》いた。

オリヴィエには錬金術師として生きるつもりはないと言ったが、ヴィヴィは好奇心を満たすために本を読んだ。蔵書の多くが科学や物理学に関するものだったせいもあって、どうしても錬金術を学ぶことになってしまった。

読んだ覚えがある本もあれば、ないものもあった。それでも、読むスピード、理解するスピードは我ながら速かった。

錬金術についておよそ飲み込んだとき、こっそりいくつかの実験をやってみた。

物々交換ゆえに使っていない古い硬貨を黄金色に光らせたのは、錬金術師の錬金術師たる手技である。

他に、火薬を詰めて手榴弾《しゅりゅうだん》のようなものを拵《こしら》えた――使用する機会はまずないだろうが、備えあれば憂い無し。

今日のヴィヴィはとうとうヴィクトールの記録帳を手にした。

いつもリュカがこれを見ながら薬を作っているので、彼が留守のときしか触ることが出来ない革表紙の綴《つづ》り帳だ。

どのページを捲《めく》っても、正確にして精緻《せいち》な図絵に端整な文字が添えられていた。ヴィクトールの生真面目さが窺えた。

おそらくリュカは薬のレシピと製法くらいしか見ていないのだろうが、この記録帳は日記のように日々の出来事も細かく書かれていた。

最後の日付から遡《さかのぼ》ることほぼ五年分の記録である。

天気と湿度、どの方角の交換所になんの薬を届けに行くのか。森の中で出くわした怪物や妖獣、動物のこと、特殊な花やきのこが生えていた場所について。

そして、断片的だが、その時点での自分の思いも書かれていた。

『今日はわたしの誕生日だ。百七十二歳になった。見かけは三十代半ばといったところだが、気持ちはとっくに余生の域だ』

『師匠の死は悲しいが、妥当だと思った。天国にはいけまい。彼は命を弄《もてあそ》んだ……そう、わたしのために。わたしのために、アーサーたちは森に隠れてしか生きられなくなったのだ』

『魔法が夢ならば、錬金術は現実といったところか。あくまでも学問。それを忘れるまいよ』

『命あるものを造ってしまったら、その錬金術師は神になってしまう。神になりたいわけではなく、自分を全うするためにパートナーが欲しいだけだ。許されるのか？　許されたい』

『創造主の寛大さに感謝する。左目と右腕、寿命二十年で済んだことを幸いに思う。しかし、この子は〝リュシアン〟そのものではない。期待していた自分の愚かしさを笑うのみ』

『リュカ、リュカ、リュカ……リュシアン』

『子供にはハグとキスを与えねばならない。人肌に触れるのは久しぶりすぎて恐怖に近いが、努力はしてみよう』

『生きるというシンプルな目的のためには、必ずしも知性的である必要はないようだ』

『わたしが若かったら、リュカと友だちになれただろうか。〝リュシアン〟がわたしの家庭教師であったように、わたしはリュカの師匠でしかない。しかも、老いた師匠なのだ』

ヴィヴィはヴィクトールに感情移入はしなかった。

日記とはそういうものだと分かっていても、なんと女々しく、なんとセンチメンタルな男だろうと思っただけだ。

晩年の域に達した老人だからか。

一方で、人間らしいとも思った。

（……誰かを愛したくて、怯《おび》えながらリュカを造ったたってことか。造りはしたものの、接し方に戸惑ったり……だけど、結局は無垢なリュカに魅せられたんだな）

ヴィクトールとリュカはおよそ三年半を一緒に暮らしている。ヴィクトールの長い寿命を考えれば、ほんの一時でしかない。

その他、特に注目すべきなのは、何度も出てきたリュシアンという名前だ——おそらくは、赤茶色の巻き毛で青紫色の瞳をしたリュカそっくりの魔法使い。

（慕っていた？）

家庭教師と教え子という立場ゆえに、距離が縮まらなかったのかもしれない。

ヴィクトールは王子でもある。もしかすると、身分が違うというので、必要以上に親しくなるのを避けられてしまったのかもしれなかった。

友情か、恋情か……どちらでもいいが、ヴィクトールは生涯に渡ってリュシアンを求め続けたのだ……――。

やれやれとヴィヴィは椅子から立ち上がり、杖に縋りながらも行きつ戻りつした。

記録帳はもっとあるはずだ。それを探して読むべきか否か。読めば好奇心は満たされるだろうが、人の心を覗いてしまったという苦さを味わうことになる。

「おい、コツコツと煩《うるさ》いぞ。書斎で歩行練習か?」

屋根裏から屋敷コビトのオリヴィエが顔を出した。

(ごめん、起こしたな)

コビトは老体の割には身軽で、カーテンを伝ってするすると降りてきた。

ヴィヴィの足元に立ち、見上げてくる。

「お前さん、大きくなってないか?」

(なったと思う。でも、リュカは気づいていないんだよ。完全にオレのほうが高くなるまで、気づかないのかもしれない)

「そんなわけあるかい」

呆《あき》れて、オリヴィエはふんと鼻を鳴らした。

「いくらおつむが足りないとはいえ……もしかしたら、時間の概念がないんじゃないのか? 三十年の経過を数年だと思っていたり、この数か月をもう五年が経《た》ったかのように感じていたりしてな」

（あり得ない話ではないな）

ヴィヴィは笑ったが、オリヴィエは処置なしとばかりに首を横に振った。

そして、机の上に積み上げてある書物に目をやった。

「随分と読んだもんだな、今日も。いい加減、飽きたんじゃないのか？」

（飽きてはいないが、もう目新しさはなくなったよ。この書斎にあるもの全てに目を通したと思う）

「錬金術をどう思った？」

その問いに、ヴィヴィはなんとも答えなかった――好みではないという言い方が気持ちに一番近そうだったが、やはり語弊《ごへい》がある。

（ああ、そうだ！　せっかく起きてきたんだから、オリヴィエに一つ聞きたいことが……――）

「わしと会話したいなら、フラワー・ビネガーを飲んできてくれ。この音声なしのやりとりは好まない。ついでに紅茶を淹《い》れてくれれば御の字だ」

（いいよ、ブランデーをたっぷり入れたやつだな）

ヴィヴィが紅茶セットを手に台所から戻ってくると、二人はテーブルを挟んでソファにそれぞれ座った。

紅茶を飲み飲み、クッキーを齧った。

「で、わしに聞きたいこととは？」

「なぜここには魔法の本が一冊もないんだ？　前にこの屋敷は魔法使いのものだったと聞いたが、見事に一冊も置いていない。どこか別の場所に仕舞われたのか？」

「燃やせという指示があったんだ」

オリヴィエは言った。

「魔法使いたちのほとんど全てが眠りに就いたが、魔力のある子供たちはたまに生まれてくる。そんな子供が魔法を学べないように、簡単な指南書から応用編に至るまでの全ての書物が処分された」

「そうか。だったら、オレは魔法を使えるようにはなれないんだな」

がっかりするヴィヴィにオリヴィエが聞いてきた——使いたいのか、と。

「どうだろう」

ヴィヴィは曖昧《あいまい》に笑った。

「自分に魔力があるのなら、使わない手はないって思っただけだ。錬金術には限界があるが、魔法にはないからな。そういう意味で、魔法は極めて興味深い」

「だから、魔法も魔法使いも危険なんだ。この世の道理を曲げてしまうからな。欲望のままに使えば、世界が滅びかねない」

「なにかを滅ぼすつもりはないよ。この忌々しい左手と右足の不自由さを補えればいいってだけだ」

「今はなにが出来る？」

ヴィヴィは大したことは出来ないと前置きしてから、個別認識した動物の話が分かることと、指先から火を出せることを申告した。

「呪文《じゅもん》なしでやれるんだろ？　それはすごいぞ」

「リュカは動物の言葉は解せないが、指先から火を出す他、掌から水を出すことも出来る。どうやら個人差があるようだ」

「水を出すくらいなら、お前さんにだって出来るはずだ」

「どうやって？」

「イメージしてみるんだ。指先から火を出すときは、それを考えるだろ？　同じだ」

「なるほど」

ヴィヴィは掌を広げ、そこをじっと見た——こめかみの辺りの髪が逆立つぐらいに。

やがて、掌の真ん中がむず痒《がゆ》くなってじわじわと水が湧き、小さな水溜《みずた》まりが出来始めた。

「水を引っ込められるか？」

ばならなかった。

掌にあった水がすっかり無くなると、ヴィヴィはふうっと息を吐いた。かなり集中しなけれ

「……たぶん」

「そもそも呪文というものは悪魔の力を盗む鍵《かぎ》なんだ」

魔法使いの屋敷に長年住まってきたオリヴィエは、さすがと言おうか魔法について詳しかった。彼自身も多少の魔力があるという。

「魔力が生まれつき備わっているなら呪文を言う必要はないが、即座にイメージ出来ない者は呪文を覚えて口にするほうが遥かに楽だ」

「魔法使いは悪魔の力を盗んでいるのか?」

ヴィヴィの問いにオリヴィエは頷いた。

「言い伝えはいろいろとあるが、魔力はもともと悪魔のものなんだ。使うのを許されたのは魔族だが、魔族を騙《だま》して自分たちも使えるようにしたのが魔法使いだと言われている。魔法は神が作った理路整然とした世界に合わない。混乱のもととなる矛盾をもたらしてしまう」

光と闇、人間と魔族、神と悪魔、創造主と破壊神……——これらの力関係が九対一で保たれるのが望ましいが、人間に属している魔法使いが魔力を欲望のままに使いまくると、そのバランスが崩れていく。

怒り、悲しみ、苦しみ、憎しみ、妬《ねた》みなどのマイナス感情が膨れ上がり、それを喰った魔族が元気づく。彼らは闇から飛び出して、戦争や災害を引き起こす。

人間の心が絶望に染まったとき、悪魔が神に取って代わる。

そして、いよいよ破壊神が登場する。

「なんか…魔法使いって、ろくなもんじゃないな」

魔法を身に付けようというヴィヴィの気持ちは萎《しぼ》んだ。

「全ての責任を負わされて、無期限に眠らされているのも当たり前な気がしてきたよ」

「特別な力を持つ者こそ理性的であるべきだが、驕慢《きょうまん》な王侯貴族に仕えるうちに感覚が狂っていったんだろうな。ここで修業している間はおしなべてマトモだったよ、わしが知る魔法使いたちはな」

「ヴィクトールの母も？」

「あれは…なかなか強《したた》かな娘だった」

「リュシアンって名の魔法使いのことは知っているかい？」

「リュシアン？　聞いたことがないな」

「ヴィクトールの家庭教師だったらしいよ」

いつの間にか部屋が薄暗くなっていた。

夕暮れにはまだ早い時間だ。窓に目をやると、空は午前中の青空が嘘《うそ》のように灰色の雨雲に覆われていた。

「こりゃ一雨くるぞ」

オリヴィエが言った直後から、窓ガラスにパタパタと雨粒がぶつかり始めた。ゴロゴロと雷も鳴り始める。

「リュカは大丈夫かな」

臆病なリュカが雷を好むはずはない。

薬と交換に生活物資を受け取り、引き返してくる途中だろう。ヴィヴィは一緒に行ってやればよかったと後悔する。

「なに、森の中を三十年以上もうろうろしているんだ、雨宿りする場所くらい見つけるだろうよ。近くにいれば、守護者が案内してくれるかもしれない。心配はいらんよ」

オリヴィエが慰めを言ったが、ヴィヴィは落ち着かない気持ちを持て余した。

長々と降ることはあるまいと思ったのに、なかなか雨は降り止まなかった。

雨宿りの時間が長引いて、リュカが戻ってきたのは夜になってからだった。

心配しながら、ヴィヴィは初めて夕飯を作ってみた。残っていた干し肉のスープで野菜を煮込み、ジャガイモのパンケーキを焼いた。

ロバの嘶《いなな》きが聞こえてきたとき、ヴィヴィは戸外に飛び出して行った。

「リュ……──」

名を叫ぼうとしたところで、フラワー・ビネガーの効果が切れた。

「ただいま。雨宿りしてたら、遅くなっちゃったよ」

濡《ぬ》れた雑草の中を走ってきたヴィヴィを軽くハグしてから、少し疲れた様子でリュカはロバを荷車の留め具から外した。

「ヨーゼフ、今日もありがとうね」

重荷から解放されると、ロバは早速草を食《は》み始めた。満足するまで食べたら、自分で小屋に入ってくれる賢いロバである。

荷物を運ぶのを手伝おうとして荷車を覗き、ヴィヴィはリュカが一人で帰宅したのではないのを知った。

顔色がひどく悪い若い娘が眠っていた。

彼女に寄り添うようにして、小さな黒い犬もいた。

犬はヴィヴィに気づくと、果敢に唸《うな》り声を上げた。

膝《ひざ》に乗るほどに小さいふわふわした犬だったが、ヴィヴィはなぜか可愛らしいとは思わなかった。可愛らしいどころか、少し血走っている目に警戒心を抱いた。

「その人、アンナさんっていうんだ。犬はジャックだよ。一緒に雨宿りをしたんだ。もう今日は森を抜けるのは無理だし、一晩だけ泊めてあげようと思って連れて来たよ」

リュカの声に娘が目を覚ました。

「アンナさん、着きましたよ。気分はどうですか?」

「もう大丈夫です。ご心配をおかけしました」

「雷、怖かったですもんね」

アンナという若い女は丸い茶色の瞳でヴィヴィを見て、なんて可愛い男の子なのでしょうと嬉《うれ》しがらせを言ってきた。

それに喜んだのはヴィヴィではなく、リュカのほうだった。

リュカは満面の笑みになって、連れ帰った娘にヴィヴィを紹介した。

「この子はヴィヴィです。ちょっと身体が不自由だけど、とってもいい子なんですよ。あとは黒猫が一匹いるだけで、誰もいません。遠慮はいりませんよ」

リュカはコビトの存在を言わなかったが、オリヴィエは姿を見せないだろうから、森の外の人間への説明はこれでいい。

「ご親切にありがとうございます」

アンナは荷台から降りてきた。

小花柄のドレスに身を包んだ小柄な娘で、成人したかしないかくらいの若さだった。顔立ちは整い、外見的に悪いところは見つからなかった。

それなのに、警戒のしすぎだろうか、ヴィヴィはこの若い女に好意を抱くことがどうしても出来なかった。

（この森に人が入り込むなんて……その上、ここに宿泊させるのか？）

急な雷雨という緊急事態のせいとはいえ、おそらく前例はない——オリヴィエに聞いてみないことには分からないが。

そもそもこの森は一度入ったら抜けられないとのウワサがあり、東西南北の近道としても利用する者はいない。

そうでなくても、光が入りきらない森の薄暗さや湿気を好み、魔族や怪獣、妖獣なども潜んでいるから危険なことは危険である。魔法使いたちの寝所を守るためにわざと流布しているウワサだが、ゆえないことではないのだ。

ヴィクトールが番人になってからは、くだんの守護者たちが積極的に侵入者を排除するようになった。木を倒したり、動物に追わせたりして上手く森の外に誘導している。

聞いてもいないのに、リュカはこの娘が森に入り込んだ理由を話し出す。

「アンナさんはね、南の街に住むおばあさんに会いに行くために、森の外側をぐるっと歩いてきたんだって。それなのに、ジャックがうさぎを見つけて森の中に走り出したから、追いかけないわけにはいかなかったんだ。ジャックをやっと捕まえたところで雨が降ってきて、僕が雨宿りしていた大きな樅《もみ》の木の下に駆け込んできたんだよ。雨が降っている間ずっとお話していたから、すっかり仲良くなっちゃった」

リュカは上機嫌だった。

森から出たことがないので、人間——特に異性をこれほど近くで見たことはなく、会話をするのは初めてなのだ。

(思春期なんだよなあ)

舞い上がるのも無理はない。

リュカは女とその連れの犬とを屋敷に招こうとしていた。夜の森に女性を放り出すわけにはいかないとあっては、阻止することは難しそうだ。

『その犬、おいらが見張っているよ』

ふとロバが言ってきた。

(その方がいいのか?)

『家に入れないほうがいいよ、たぶんね』

確信とまではいかないようだが、ロバのくせにかなり賢いヨーゼフもなにか感じるものがあるらしい。

ヴィヴィは彼らの前に回り込んで、小さな黒い犬を指差して首を横に振った。屋敷の中に犬は入れたくないというのが伝わるだろうか。

この犬に対する違和感は拭《ぬぐ》えない。

森の外で生まれ育った普通の犬なら、強者の気配を感じて、美味しそうなうさぎがいようと迂闊《うかつ》に森の中に入ってこようとはしないはずなのだ。身体が小さく、悪さをするような感じはないが、その点は警戒すべきところである。

「ジャックはダメ?」

ヴィヴィが頷くと、リュカは首を傾《かし》げた。

声は出せないが、ヴィヴィは口の形で「猫」と告げた。

「……そうか、ヴァランタンが怖がるか」

リュカがアンナという女に犬は家の中に入れられないと言うと、彼女はロバ小屋に繋《つな》いでおくことに同意した。

「後でちょっとした肉を持ってってあげるね」

警戒を解かないまま、ヴィヴィは前を歩くリュカと若い女の後に続いた。

ヴィヴィが初めて作った夕飯を三人で食べた。

「これ、ヴィヴィが？」

リュカは驚きに目を真ん丸にした後で、自分以外の人が用意した料理を食べられるなんて想像していなかったよと涙ぐんだ。

「腹ぺこで帰宅したら、ゴハンが出来てるのってありがたいなあ。ヴィヴィが一緒に来てくれないのを残念に思ってたけど、こんなに美味しい料理を作ってくれていたんだから帳消しだ。いや、帳消し以上だね」

アンナも大絶賛だった。

（……悪い娘ではない、のか？）

食事のマナーはちゃんとしているし、人間ではないと思われるところはなかった。

徐々にだが、ヴィヴィは彼女に対する警戒を解いた。

第一印象で悪いと思っていた顔色も、食事をするに従って普通になってきた。雨で冷えていただけなのだろう。

リュカに乞われるまま、アンナは王都での暮らしを話してくれた。

十九歳になる彼女は王城で小間使いをしているが、祖母が病気になったと聞いたので休みをもらったのだという。

「国王夫妻に会ったことはあります？　お姫さまには？」

「お城で働いていても、残念ながら、わたしのような者はお側近くには上がれないんです。ただ広間のお掃除をしていたとき、通りがかった王女さまにお菓子をいただいたことがありましたよ。王女さまは十七歳で、艶《つや》やかな黒髪をした可愛らしい方です」

「もらったお菓子はどんなもの？」

「貝殻の形をした焼き菓子で、ちょっとレモンの味がしましたね」

「僕も食べてみたいです。ね、ヴィヴィ？」

同意を求められ、ヴィヴィもうんと頷いた。

「レモン味ではありませんが、似たような焼き菓子は礼拝堂の近くにあるパン屋さんが売っていますよ。あそこの店主は研究熱心で、いろんな目新しい商品を作っては並べるんです。フェニックス祭のときには、フェニックスの卵という楕円形《だえんけい》のお菓子を売っていました。とっても商売上手です」

フェニックス祭というのは、滅びかけた世界を救った神の使いであるフェニックスを世界各地で尊ぶ日のことである。

当然ながら、リュカはそんな祭りがあることは知らない。

彼が知らないことは沢山ある。礼拝堂がどこにあるかも、ましてフェニックスの卵と名付けられた菓子も想像すら出来ない。

祭りの華やかさはもちろんのこと。

王都育ちのアンナの話は、いちいちリュカの興味を引いたようだった。

「僕はこの森から出たことがないんですよ」

「あら、そうなんですね。この森に人が住んでいること、わたしは知らなかったです。もし王都に来ることがあれば、わたしの家に泊まったらいいですよ。仕事がない日だったら、案内も出来ますし」

食後はアンナが全ての皿を洗ってくれた。

リュカは彼女のためにベッドを用意した。

今ヴィヴィと一緒に使っているのは師匠の寝室だが、それ以前に独り寝していた小さな部屋がある。そこを貸すことにしたのだ。

ヴィヴィが寝間着に着替えていると、リュカが帰宅してからはリヴィングの隅で丸くなっていた黒猫が足元にやってきた。

『なあ、ヴィヴィ。本当にあの女をここに泊めるのかい?』

(まさか夜の森に放り出すわけにもいかないだろ。なにかイヤな感じでもするのか?)

ヴィヴィはアンナに疑わしいところはないと思っていたが、ヴァランタンが動物的な勘で怪しいと言ってくるなら警戒すべきだ。

『いや、普通だと思うよ。普通の若い娘だ。だから、この落ち着かない気分は……うん、こっちがお客に慣れないせいかもしれないね』

ヴァランタンが言うには、ヴィヴィが一緒に暮らすようになる以前の三十年間は同じような毎日で、例外はなかった——魔法使いの寝所がある森の奥まで、人間が入ってくることは一度としてなかったのである。

(例外はよろしくはないとオレも思う。まあ、アンナが森の中にある家に泊まったと人に話したところで、夢でも見たんじゃないかと言われるとは思うんだが……)

アンナを泊める部屋に案内してから、リュカが寝室に戻ってきた。

ヴィヴィは先に布団の中にいた。

「ヴィヴィ、もう寝ちゃった?」

傍らに滑り込みながら、リュカが言ってきた。

「……アンナはお姫さまではないけど、気さくな感じがいいと思うんだよ」

そうか、とヴィヴィは頷いた。

「僕が人間だったら、アンナみたいな女の人と結婚するんだけど……もちろん、相手が僕でいいと言ってくれたらだけどね」

健全でよろしいとヴィヴィは頷く。

「それにしてもさ、僕は子供を作ることが出来るんだろうか。結構長く生きているけど、なんだか外見は若いまんまなんだよね。守護者たちのことは除いて他に錬金術で造られた人間を知らないから、自分の身体がどうなのかはよく分からないんだ」

そこでリュカはハッと短く息を吸った。

「僕ったら、自分のことも分からないくせに、勢いでヴィヴィを造っちゃった！」

頭を抱え、自分のことをバカバカとリュカは罵《ののし》る。

ヴィヴィはそんなリュカの肩を撫《な》でて、落ち着かせようと努めた。

「ああ、ヴィヴィ…」

やや衝動的に、リュカはヴィヴィを抱き締めてきた。

「心配しないでいいからね。大丈夫、僕が生きている限りヴィヴィのことは守るよ。ずっと一緒にいるからね」

その親心とも言うべき思いには、共感しないこともない――リュカが善良で、健全に生きていることがヴィヴィには喜ばしく思われた。

ヴィクトールの記憶はないにせよ、ヴィヴィは大人の心と頭脳を持つ。心身共に少年のままに留まっているリュカを守りたいと思うくらいには大人だ。

うんうんとヴィヴィが頷くことで、良くしたことに、楽天的なリュカは抱いた罪悪感を軽くした。

それでも、珍しく眠るまでに時間がかかった。

（人間だよ、リュカは）

ヴィヴィが書斎で獲得した知識から判断するに、リュカはヴィヴィよりもかなり人間に近い。なかなか成長しないのはリュカ本人が変化を望んでいないからで、無意識に魔力を使ってそうしている可能性が高い。

ヴィクトールは自分の師匠が守護者たちを錬成したときのことを参考にし、精査した上でリュカを造った。定期的に『賢者の石』を摂取するように指示したのは老婆心からで、その必要すらきっとない。

命ある者を錬成するに当たり、かの物質は接着剤の役割を果たすようだ。

その後の生活で摂取する必要が出るのは、心身に生じる違和感を埋めるため——そう、基本的に『賢者の石』というのは万能薬だ。

魔法使いたちの寝所の番人に老いた錬金術師を任命し、不老長寿の薬だとして貴重な『賢者の石』を授けたのは国王だった。

握っているだけで心の不安が解消され、削って飲めば万病に効くというありがたい宝珠。国王にしてみれば、無期限の眠りに就いた愛人である魔法使いと彼女との間に生まれた息子を託した老人の長寿を願わずにいられなかったのだろう。

とはいえ、この貴重な物質について入手場所も方法も、真の効能などの情報は全くもたらされなかった。

悪用されないようにと一つ注意がなされただけ。

勿体《もったい》ない賜り物として一時的に飾った後、錬金術師は好奇心に突き動かされるがままに弟子と共に『賢者の石』について調査研究・実験を重ねた――が、万能薬であることを確認しただけで、ほとんどなにも解き明かされることはなかった。

ただ、老いた錬金術師は、普通の人間の身体で百五十歳という長寿を生きた。

黒猫のヴァランタンのことは分からないが、ロバのヨーゼフが破格に長生きしているのもたぶん同じ効果なのだろう。

ヴィヴィはリュカが寝入った後もつらつらと物思いに耽《ふけ》り、しばらく眠らないでいた。

リュカがこの森を出て、人間の中で暮らすことはこれまで考えられなかった。

リュカの純粋さや愚かしさは、必ずしも人間の幸せには結びつかない。自分が支えていくものだと思っていた。

しかし、しっかりしたパートナーがいるとなれば話は別となってくる。

（……リュカが望むなら、送り出してやらなきゃならなくなるかな）

ヴィクトールはおそらく自分を慰めるためにリュカを造ったのだから、リュカを森から出してやるという考えはなかっただろう。

ヴィヴィはヴィクトールではないから、そうすることも出来ないことはない。

そのとき、静まり返った屋敷に呼び鈴の音が響いた。

「アンナだ！」

リュカが飛び起きた。

眠い目を擦《こす》ったのは一度だけで、眠っているふりをしているヴィヴィを振り返ることなく、リュカは二人の寝室を出て行った。

（……行ったか）

リュカは恋をしたのかもしれない。

アンナが呼び鈴でリュカを呼んだ理由は分からない。虫やねずみが出たか、怖い夢を見たか、そんなところだろう。

数分待ったが、リュカは戻って来なかった——お互いに好意を抱いてのことであれば、男女としての一夜を過ごしても咎《とが》めるには当たらない。

ヴィヴィが寝返りを打とうとしたとき、頭にオリヴィエの声が響いた。

（『リュカをあの娘にやるつもりか？　皮肉なことだ。ヴィクトールは共に生きるパートナーを求めてリュカを造ったのに、その過程で若さを失ったので、師弟関係しか自分に許さなかった。せっかく若さを手に入れたのに、ヴィヴィはリュカを恋愛対象としては見ていないのか？』）

（リュカだってオレを恋愛対象には見ていないさ）

ふん、とオリヴィエは鼻で笑った。

（『あれの気持ちなんて……お前さん次第で、どうにでも変わるわ。こっちが好きだと言えば、自分も好きだと思うだろう。ヴィクトールは意思のない抱き人形を造ったつもりではなかったはずだが、リュカには大した思考力の持ち合わせはない』）

（相変わらず、オリヴィエのリュカに対する評価は低いな）

ヴィヴィは笑ったが、オリヴィエはそれを撤回しなかった。

（『この三十年、まともな会話をする相手がいなかったんでね。リュカがバカすぎるからな。わしは暖炉の前でヴィクトールと語らった日々が恋しくて堪らんのだ』）

自分はヴィクトールとの友情に満足していたのに、ヴィクトールが心身共に繋がれるパートナーを欲していたことがそもそもオリヴィエには残念だった。

それでも、オリヴィエはヴィクトールが命ある者を造ることを頭から反対せず、話し相手になり、応援までしてみせた。

いろいろな葛藤《かっとう》の果てに錬成されたリュカは、結局はヴィクトールに相応《ふさわ》しい知的な者ではなかった——と、オリヴィエは見なし、最初からリュカの存在が腹立たしかったのである。

（そうか、ヴィクトールはリュカをそういう目的で……）

ならば、リュカの素材となったリュシアンという家庭教師への思慕は、ヴィクトールの初恋だったのではないだろうか。

そう考えるなら腑《ふ》に落ちる。

二百年以上生きた凄腕《すごうで》の錬金術師でありながら、ヴィクトールはまだ青年のような感性を持っていたのかもしれなかった。

不意に、ガラスが割れる大きな音がした。

「！」

ガタガタという物騒な物音に続き、リュカの悲鳴が聞こえた。

ヴィヴィは手探りで杖を摑《つか》むと、とるものもとりあえず廊下へ飛び出し、アンナにあてがった小部屋の扉を開けた。

まず目に入ったのは、無惨に破られた正面の窓ガラスだった。

なにがあったのかと考える間はなく、ヴィヴィはロバ小屋に繋いだはずの犬と向き合っていた。

威嚇してくる唸り声と今にもとびかかってきそうな体勢もそうだが、真っ赤に光っている目がもはや尋常ではなかった。

そして、その犬の向こうでは、髪を振り乱した全裸の女がリュカに馬乗りになり、首を絞めている。

長い爪が皮膚に食い込んで、リュカの華奢《きやしや》な首から一筋の血が流れ始めた。

女はもはや街娘のアンナではなかった。

皮膚は青く、裂けた口にはずらりと鋭い歯が並び、吊《つ》り上がった目は蛇のそれだ。ハーピーよりも恐ろしげな顔に変わっていた。

（くそっ）

ヴィヴィは進路を阻む犬に杖を振り上げた――と、二本足で立ち上がったそれがぐんと巨大化し、驚いたヴィヴィはバランスを崩しながら頽《くずお》れた。

犬の特徴を失った化け物がいよいよこちらへ迫ってくる。

この不自由な身体でどうしたらいいのか……。

（『魔法を使え！』）

オリヴィエの声が頭の中で響いた。

聞くや否や、ヴィヴィは掌に火の玉を生じさせ、それを立ちはだかった化け物に思いっきり投げつけた——イメージ通り、火の玉は化け物の身体を貫通した。

「グエ〜ッ」

倒れかかる化け物の横を這《は》い、どうにか寝台にまで辿《たど》り着く。

化け物女の手をリュカの首から引き剝《は》がそうとするも、少年の細い片腕ではやはり難しい。

せめて両腕があったら…と思うが、ないものを望んでも仕方がない。

（よし、もう一回だ）

再び掌に火の玉を生じさせ、今度は投げつけるのではなく、化け物女の脇腹にぐいと押しつけた。

火の玉が弾《はじ》けるイメージはすでにあった。

次の瞬間、イメージは現実となる。

内側からの爆発で、化け物女の身体が四方八方に飛び散った。血や肉片が小さな部屋の至る所にベタベタと付着する。

遮断されていた酸素が一気に肺へと流れ込んだらしく、リュカは激しく噎《む》せながら息を吹き返した。

（よかった、間に合ったぞ！）

見開かれた目を覗き込み、ヴィヴィはリュカの正気を確認した。

潤んだ青紫色の瞳には自分が映っていた――ホッとして笑みを浮かべかけたのに、その後方で犬の化け物が立ち上がろうとしているのを見てしまう。

（やれるか？）

全身が総毛立つ。

身体に穴は開いたままだが、化け物はもうダメージから回復していた。

（『ヴィヴィ、動くなよっ』）

頭の中でオリヴィエの声が命じてきた。

ヒュン！

なにかが空間を横切った。

「ギャアアアァ」

化け物が叫び、顔を覆うようにして屈《かが》み込《こ》んだ。

振り向けば、その目に一本の矢が突き刺さっていた――オリヴィエが天井から狙《ねら》って矢を射たのだ。

化け物は新たな痛みにのたうち回り、狂ったように自分で頭を壁に打ちつけた。

ヴィヴィは怯えるリュカを胸に抱き寄せながら、こちらに向かってきたらどう攻撃するかを考えていた。

不意に化け物が動きを止めた。

潰《つぶ》されなかったほうの目でリュカを憎々しげに睨《にら》んだものの、向かったのはガラスが破られた窓のところ――化け物自身がここに飛び込んだときに割ったらしい窓だった。

化け物はそこから外へと飛び出した。

(『逃がすな!』)

オリヴィエの叫びが頭の中で響くよりも先に、ヴィヴィは掌に生じさせた火の玉を投げて化け物を追った。

しばらくしても手応えは感じられなかった。

取り逃がしてしまったのか。

天井から降りてきたオリヴィエが窓から外を窺うが、まだ夜明けには遠く、まして暗い森に逃げ込んだ化け物の動向はここからでは分からない。

「魔族だったな」

オリヴィエが言った。

「犬のほうが本体で、人間の女の中に入り込んで操っていたとは器用なことだ。我々に悟られないくらいだから、かなり優秀なやつとみていい。こっちが魔法を使えるとは思わず、油断したんだろう、攻撃を喰らってくれたから助かった。しかし、取り逃がしたのは痛いな。また襲ってくるかもしれない」

ヴィヴィの腕の中でリュカが呟《つぶや》いた。

「……アンナは優しかったのに、急に変わったんだ」

「やつの目的はなんだった？　お前さん、なにか要求されたんじゃないのか？」

オリヴィエが質問する。

「アンナは『賢者の石』って知ってるかって……琥珀《こはく》っぽい卵型の塊で、王さまから錬金術師に渡されたはずだって。それをアンナにくれたら、イイコトしてあげるって言ってたんだよ」

「イイコトだと？」

「イイコトってなんだったのかな」

リュカは『賢者の石』を削って使用していたが、それがなにであるのかは知らなかったし、元の形もおそらく分かっていなかった。

「残念だけど知らないって言ったら、嘘を吐《つ》くなって…く、首を――」

またガタガタと震え出したので、ヴィヴィはその背を撫でてやった――両手でしっかりと抱き締めてやれないこと以上に、言葉で慰められないのがもどかしかった。

「……そうか、アンナは人間じゃなかったんだね。みすみす家に入れるなんて、僕があんまり不注意だったよ」

魔族だと気づかなかったのは、ヴィヴィもオリヴィエも同じだ。犬を外に置くように言ってくれたヨーゼフと不安がっていたヴァランタンは正しかった。

「とりあえず、この部屋は出よう」

オリヴィエが促した。

「紅茶でも飲んで、寝直すことだ。お前さんたちは身体を洗って、着替えたほうがいいかもしれない。だいぶ血腥《ちなまぐさ》いことになっているからな」

夜が白々と明けるまで、リヴィングの暖炉の前で一同は集っていた。

身体を洗い、オリヴィエ特製のブランデー入りの紅茶を飲んだリュカは、膝の上にいるヴァランタンの毛皮を漫然と撫でていた。賢い黒猫は自分の存在が慰めになるのを見越して、あえてリュカの膝に留まってくれた。

早くもリュカはショック状態から回復して平静を取り戻しているように見えたが、ヴィヴィは注意深く眺めるのを止められない。

オリヴィエが心の声で言ってきた。

(『リュカのことは心配せんでいいぞ。こいつはすぐに忘れるんだから。ヴィクトールが死んだときだって、翌日にはけろりとしていたからな』)

(……それは受け入れられなかったからだよ、たぶん)

ヴィクトールがリュカを庇って死んだ当時、リュカは造り出されてまだ三年ちょっとだったはずなのだ。死というものを理解するのは難しかったに違いない。

(『死体を引き摺《ひず》って帰り、墓穴を掘ったのはリュカだぞ』)

(それでも、向き合えなかったんだと思う——いや、無意識に向き合わないことにしたのかもしれない)

(『不都合なことは忘却の彼方へ押しやるか?』)

(心を守るためだ、仕方ない)

日常が変わってしまうのを怖れるあまり、リュカが〝なかったことにする〟という作業を覚える過程を想像するのは難しくなかった。

(『今回の恐怖も忘れるか?』)

(忘れてくれていい。トラウマなんて作らないほうがいいに決まってるからな)

オリヴィエとヴィヴィの間には無言のやりとりはあったものの、その場はずっと静かだった。

リュカがふうっと溜息《ためいき》を吐いた。

それを潮時とし、オリヴィエが今度は声に出して促した。

「さあ、そろそろベッドに戻ろうじゃないか。いつもの起床時間までは眠るがいい」

「うん、そうしよう。行くよ、ヴィヴィ」

リュカとヴィヴィが寝室に向かうために立ち上がろうとし、リュカの膝から黒猫が飛び降りたときだった。

戸外に物音を聞いた。

一同は戦慄《せんりつ》しかけたが、暗闇で最も力を発揮する魔族はこの白んだ空の下では迂闊には動けないはずだった。

一番最初に窓ガラスに目を向けたのはオリヴィエだった。

「ああ、守護者だ。なにかを置いて行ったようだぞ」

警戒しつつも戸外に出て、一同が朝靄《あさもや》の中に見つけたものは三体の遺骸《いがい》だった。

胸部に穴がある見覚えある化け物と、いろいろな生物の寄せ集めのような二体——長寿のために姿を変えた守護者たちである。

「おそらく、この魔族と戦って命を落としたんだろうよ。南と東のやつだな」

オリヴィエに倣い、リュカとヴィヴィも手を合わせた。

彼らが傅《かしず》いていた王子亡き後もこの森と屋敷を守り続けてくれた四人のうち、二人が命を落としてしまった。彼らは職務を立派に果たした忠義者だったが、その生き様を思うと、感謝する一方では哀れみを覚えずにはいられなかった。

そのしんみりした空気を破るかのように、ヴァランタンがニャーニャーと鳴き出した。

振り返り、今度は無惨な状態のロバ小屋を見つけた。

唖然《あぜん》とするしかなかった。

三頭いたロバのうち、母と仔は嚙《か》み殺されていた。屋根を支えていた柱が折れて、小屋は倒壊寸前だった。

これまた魔族の化け物の仕業で、女の寝室に飛び込む前にやったのだろう。

ヨーゼフも血塗《ちまみ》れで倒れていた。

首がほぼ皮一枚しか繋がってない状態だったが、驚くべきことに、わずかながらに息があった。

「ヨ…ヨーゼフ、死んじゃダメ！」

リュカはしゃがみ込んだ。

「ずっと一緒にいてくれたよね……三十年ずっと毎日、雨の日も風の日も一緒に森の中を歩いたよね。これからだって……——」

ヨーゼフはそれに応えて囁《ささや》いた――リュカには理解出来なかったろうが、ヴィヴィには分かった。

『楽しかったよ。いい匂いがする干し草を敷いてくれるリュカが大好きだった。ずっと一緒にいられたらよかったなあ』

精一杯長生きしたロバは、片方の目だけを開けてリュカを見た。

そして、自分の顔を包んでいた手をぺろりと舐《な》めた。

『さよなら、リュカ』

それっきり動かなくなった。

「ヨーゼフ⁉ ダメだってば、ヨーゼフ」

リュカの絶叫が朝靄の中に響いた。

犠牲になったのは守護者二人も同じだが、彼らはリュカとはさほど親しくなかったし、絶命するところを見たわけではない。

しかし、ロバのヨーゼフの死は彼の目の前で起こったのである。毎日一緒に歩いたロバへの愛着は小さくない。

好きになった人が魔族だった衝撃、襲われて危うく死ぬところまでいった恐怖、守護者たちの死……リュカはなんの影響も受けまいとし、ほぼ果たしおおせていたが、ここでその無意識の努力がとうとう決壊した。

リュカはヨーゼフの死を〝なかったこと〟には出来なかった。それが出来るほどもう幼くなかった。

ヴィヴィを造り出し、世話していくことを決意して、判で押したような日々を抜け出していた昨今だ――ここで、リュカは自分に成長を許していた。

リュカはロバの死を真っ向から受け止めた。

大粒の涙を流し、形振《なりふ》り構わずの様子でその死を悼んだ。三十年前の師匠の死を前にしたとき、そうすべきだったように……――。

「……僕のせいだ」

リュカの呟きに、ヴィヴィは首を横に振った。

「僕が浮かれて、森の中に外部のものを入れたから」

再びヴィヴィは首を横に振った――これは不幸な事故だとリュカに言ってやりたかったが、悲しいことに声に出来ない。

不自由な左腕を右手で摑み、真ん中にリュカを入れる形で抱き締めるだけだ。

屋敷コビトが言った。

「生き物はみんないつかは死ぬんだ。お前の師匠もそう、二人の守護者も、このロバだってついに死ぬときを迎えただけだ」

「死ぬってなんなの？　どうなるの？」

リュカは問いかけたが、誰に対する問いなのかはリュカ自身も分かっていない。

「生まれる前はどこにいて、死んだらどこへ行くの？　そこは同じ場所なの？」

誰も知らない、答えられないことだ。

ヴィクトールとして死に、錬金術で再び造られたヴィヴィでさえ知らない。その記憶はなかった——たぶん、そこは神の領域だ。

ついにリュカは吐露した。

「……お師匠さまに会いたい」

リュカが心の奥に仕舞い込んでいた思いだった。

「お師匠さまに会って、ごめんなさいと言いたい。大好きだったのに、僕なんかを庇《かば》って死んじゃうなんて……！」

ヴィクトールもリュカに会いたいだろうが、謝られたくはきっとない。そうヴィヴィが口に出来たところで、今のリュカには響かないだろう。

ヴィヴィはその思いごとリュカを抱き締め、どこか幼い匂いがするつむじに唇を寄せた。

化け物の遺骸ごとロバ小屋は燃やして、ヨーゼフと守護者二人は手厚く埋葬することになった。

その日、リュカはさすがにルーティンをこなさなかった——薬の調合も配布もせずに、ひたすら黙々と遺体を埋めるための穴を掘った。

古井戸から少し離れたところに、ヴィクトールとその師匠だった老いた錬金術師の墓がある。三つ新たに掘った墓穴の位置はその並びだ。

土饅頭《どまんじゅう》のてっぺんに墓標代わりの石をそれぞれ置き、花を供えると、リュカは跪《ひざまず》いて祈りを捧げた。

穴を掘るという重労働もそうだが、この厳粛なる祈りもまた区切りとなる。

リュカに並んで彼らの冥福《めいふく》を祈ってから、ヴィヴィはヴィクトールの墓に目を向けた。

弟子を助けたときに怪物に突き立てた剣が今も深々と刺さっているのが、錬金術師の墓にしてはものものしい。

そして、また傍らのリュカに目を向けた——俯《うつむ》いているせいで、首が剝《む》き出しになっている。絞められた痕が露《あら》わで痛々しい。

しかし、一心に祈る横顔は平静に戻ったように見えた。いや、それ以上だ。リュカは急に大人びて冴《さ》え冴《ざ》えとした顔つきになっていた。

（……失恋と恐怖、死者への感謝と哀れみ。そして、師匠への思慕か）

長い長い一夜だった。

祈り終え、やっとリュカが顔を上げた。

口の端に付着しているのは土だろうか。ヴィヴィは脇の下にあてがった杖で身体を固定した上で、掌で細い顎を包み、指先で汚れを擦り落とした。

「ありがと」

リュカは長い睫毛《まつげ》を引き上げ、青紫色の瞳でヴィヴィを見つめてきた。

「いつの間にか、ヴィヴィは大きくなってたんだね」

目線の差はまだ少しだけあるが、この半年にも満たない月日のうちにヴィヴィの外見的な成長は進み、来月にはリュカにも届きそうだ。

そこにようやっと気づいたのだ。

さらにもう一つ二つ、リュカには気づきがあった。

「ああ、ヴィヴィの右目……そうか、お師匠さまの目の色にそっくりなんだ。最初から僕がヴィヴィに好意しか感じなかったのはそのせいかもね」

ヴィヴィに向き合いながら続けた。

「魔法で攻撃していたの、ヴィヴィだよね？」

誤魔化してもしょうがないので、ヴィヴィはこくりとした。

「魔力があったのも驚きだけど、魔法の使い方なんていつ覚えたの？　でも、ありがとうね。きみのことは僕が守るはずだったのに……守られちゃったね」

無念そうに言う顔がなんともいじらしくて、ヴィヴィは自分でそうしようと思うこともなく、リュカにキスしていた。

額でも頬でもなく、唇に。

ヴィヴィは自分の突発的な行為に狼狽《うろた》えなかった。

リュカがアンナの部屋に行ったとき、それがリュカの幸せかもしれないと考えた自分はどうかしていたと思う。なぜリュカが森の外に出て行くことも悪くないなどと考えたのか、今となってはそちらのほうが不思議だった。

失いかけたせいなのか、ヴィヴィの庇護《ひご》欲はいや増していた。

(リュカのことはオレが守る)

他の誰かに任せられない。

そもそもヴィクトールはリュシアンを思ってリュカを造り、リュカは知らず知らずのうちにヴィクトールの素材でヴィヴィを造っていた——生涯を共にする相手として。

リュカとヴィヴィは一緒にいるべきだ。客観的にも主観的にも、二人の間に入って来られる者などいないのだから……。

「慰めてくれたつもりかもしれないけど、口にキスするのは恋人同士だけだよ？」

口を尖《とが》らせてのリュカの抗議に、ヴィヴィは笑ってしまいそうになった。

（随分と古風な……！）

続けてリュカは言った。

「……お師匠さまのキスはいつもおでこだったな」

ヴィクトールは弟子に弁《わきま》えたスキンシップしか与えなかったようだが、ヴィヴィはヴィクトールではない。

二人の関係は師匠と弟子ではないし、今は年齢も体格も釣り合っている。恋人同士のキスをしても構わないではないか、リュカが男相手だということを気にしないならば。

言葉の代わりに、ヴィヴィは目で訴えた——右目の青で真面目に口説き、左目の紫で誘惑的にアピールする。

『リュカ、オレと恋をしようじゃないか？』

リュカはごくりと生唾《なまつば》を飲んだ。

「ヴィヴィの左の目って、なんか……——」

しかし、急にハッとなって、口を手で慌《あわ》ただしく塞いだ。

「僕、アンナとキスしたんだ！　女の子との初めてのキスだったはずなのに、化け物とのキスだったなんてショックだよ」

深々と溜息を吐いてみせたが、その口調にはトラウマになるような重さはない。

一方、ヴィヴィがしたキスについて、リュカはなにも言わなかった——〝なかったこと〟にしたいのはむしろこちらだったのかもしれない、意識しすぎて。

オリヴィエは誤魔化されなかった。

「なんだ、ヴィヴィは色気づいたのか。相手がリュカとは趣味の悪さに呆れるが」

そう指摘することで、リュカの顔を赤らめさせた。

「そ…そんなんじゃないよ、僕とヴィヴィは」

「お前さんは女がいい、と？」

リュカは肩を竦《すく》め、仕草でもう懲り懲りだと答えた。

「お師匠さまの言った通り、森の外とは無関係でいたほうが良さそう」

「それならいいじゃないか、ヴィヴィで。わしは別に反対はせんよ。家の者同士で大いにいちゃつけ」

屋敷コビトのあまりにも露骨な言いように、当のヴィヴィは苦笑いするばかりだった。

4　ヴィヴィの想い

リュカが薬と生活物資を交換している間、ヴィヴィは崖《がけ》の上から王城の様子を窺っていた。望遠鏡で見たところは特に異常は見られない。空は青く、塔から掲揚されている国旗が鮮やかにはためいている。

城門を守る兵士にも緊張は見られなかった。

オリヴィエが危惧していることは、なにも起きていないと思われた——少なくとも、戦争の準備をしている感じではない。

基本的に、魔族は悪魔を君臨させるための存在だ。しかし、仲間同士が結託して事に当たることがないので、その達成を怖れる必要はこれまでなかった。

厄介なのは、彼らが人間のマイナス面を観察するのを好むことだ。嫉妬《しっと》や不安、焦燥、疑惑…そういう気持ちを煽《あお》っては喜ぶ。

魔族はかつて多くの戦争の裏にいた。

魔法使いたちがいなくなった今、城内で権力を手にしているのは錬金術師。錬金術師と魔族が手を結ぶのが一番良くないとオリヴィエは言う。魔族が『賢者の石』の存在を知っていることにきな臭さを感じるのだそうだ。

研究を重ねても、いまだ『賢者の石』については分からないことが多い。ヴィクトールの師匠は守護者を長寿に堪える身体にすることに使い、ヴィクトールはリュカを錬成するのに使っている。人体をいろいろに組み替えることが可能だということに気づいて、他の優秀な錬金術師が生体兵器を造ろうとしても不思議はない。

政策に行き詰まっている国王と権力を欲する錬金術師、戦争を好む魔族——この三者が出会ってしまうのが一番危険だ。

(だけど、考えすぎじゃないか。あの魔族が『賢者の石』を知っていたのは警戒すべき点だが、錬金術師と通じているかどうかまでは分からない)

他の錬金術師を下に見ているつもりはないが、国王に褒美として与えられなければ『賢者の石』を手にする機会はない。

研究にはたっぷりと時間がいるのに、寿命には限りがある。

生体兵器を造るまでになる錬金術師は何人いるだろう。

「あれれ、手紙があるよ」

リュカの声に振り向くと、その手に封蝋《ふうろう》まで施された——それだけで、由緒ある家柄の者が寄越《よこ》したのだと分かる封筒が握られていた。

ヴィヴィはリュカにナイフを渡し、開けてみるようにと促した。

憲兵隊隊長のカール・フォルクスだと名乗る者が、錬金術師ヴィクトール・コルベールに宛《あ》てて書いた手紙だった。

内容は『賢者の石』を欲する魔族についてだった。

『——…先頃、一匹の魔族が王城に掃除係として入り込んで宝珠を探したが、森に住まう錬金術師に贈られたと知るや、姿を消したのでございます。「賢者の石」が盗まれていないかをご確認いただきたく存じます。もし盗まれていた場合はわたしどもにご報告いただき、同時に回収にご尽力していただくことをお願い申し上げます。なお、魔族は若い娘の姿で小さな犬を連れている可能性が…——』

リュカとヴィヴィは顔を見合わせた。

「……アンナのことだよね？」

あの夜のことはまだ記憶に生々しく、ヴィヴィはリュカの首を見る度に首を絞められた痕を思い出す。

とはいえ、王城が魔族の侵入を察知していたのは朗報だった。知らないうちに魔族に取り憑《つ》かれるようなことにはなっていない。

返事を書かなければならないとリュカは紙とペンを取り出したが、しばらく書き出せないでいた。

首を傾げ、呟く。

「正式っぽい文章ってどう書けばいいのかな?」

以前のリュカならば、こんな疑問は抱かなかっただろう——言葉遣いや礼儀、身分に纏《まつ》わる配慮の必要性を考えるようになったのもまた成長だ。

時間が過ぎるばかりなので、ヴィヴィはリュカからペンを取り上げた。

『魔族は始末した、心配ご無用。宝珠も渡していない』

要点のみ。

回答するのがヴィクトールならば、相手が貴族の生まれの憲兵隊隊長であろうとも失礼ではない。彼は王子かつ錬金術師なのだから。

「そっかぁ、これでいいのか……まぁね、伝えたいことはこれだけだもんね」

感心したとばかりに頷きながら、リュカがヴィヴィを見てきた——もう二人の目線は同じ高さだった。

ヴィヴィの外見はすでに少年期の後半に達していた。

魔力が漂う満月の夜に、それを願ってそぞろ歩いた結果だった。

急激な成長で身体にかかる負担については、くだんの『賢者の石』を削った粉を摂取することで癒《い》やしている。

長い金髪を右耳下で束ねた臈長《ろうた》けた美貌《びぼう》である。

まだあどけなさを残すリュカの華やかな美少年ぶりとは雰囲気が違い、これまた鑑賞に堪えうる容姿だ。

それなのに、いまだリュカはヴィヴィの身体的成長について、いちいち取り沙汰《ざた》しはしない。

さすがに気づいていないわけはないのに、口に出して認めることに抵抗があるようだ。

来月にはもうヴィヴィの背丈はリュカを追い越してしまうだろう。

「ヴィヴィは沢山本を読んで賢くなったよね」

相変わらずの子供扱いでリュカが頭を撫でてくるのに、甘んじて受けるヴィヴィはそれもいいかと笑うだけだ。

荷車に荷物を積み、受け取りの花火を打ち上げた。

長居は無用と森の中へ戻っていく……。

ロバのヨーゼフが殺されてしまったので、荷車を引いて行くのはヴィヴィだ——正しくは、ヴィヴィが乗る箒《ほうき》に繋いでタイヤを転がしている。

古典的だが、箒に乗ってみろと言ったのはオリヴィエだった。

ヴィヴィがすぐに乗れるようになったことにリュカは驚愕《きょうがく》したが、すぐにこれが日常になってしまったのは規則正しい日々のお陰だった。

箒に乗るにあたり、ヴィヴィのぐにゃぐにゃした右足が初めて役に立った。縛るようにぐるりときつく巻き付けることで安定し、スピードを出しても振り落とされることがない。

家の中では松葉杖だが、その他の場所では箒に乗っているほうが楽だった。

「ヴィヴィ、停まって。特別なきのこがあるよ」

リュカに声をかけられ、ヴィヴィは箒を停止させた。

この季節にしか見られないきのこである。

それらを収穫し、ついでに痛み止めになる木の皮を剝いだ。近くに薬の苦みを和らげる甘草も見つかった。こちらもせっせと収穫していく。

リュカを手伝いながら、ヴィヴィは異変がないかと目を配った——守護者が二人になった今、魔法使いたちの寝所を自分たちでも守らねばならない。

そうやって辺りを見回しているうち、ヴィヴィはもっといいものを見つけた。

熟れた木イチゴだ。

木の蔓《つる》を編んで間に合わせの籠《かご》をくるくると編み上げると、真っ赤に熟したものを枝から外しては入れていく。一つ二つは口に入れて、その甘酸っぱさを味わった。

ヴィヴィが木イチゴでいっぱいの籠を手に荷車のところへ戻ったとき、ちょうどリュカも収穫したものを荷車に載せているところだった。

掌に載せて一粒を突き出すと、リュカは少し寄り目ぎみになりながらそれを見た。

「うわあ、木イチゴだ。どこに生えていたの？」

木の皮の束を手に持っていたので、リュカはヴィヴィの掌を舐めるようにしてその一粒を食べた。

「甘ぁい」

イチゴの果汁に濡れた唇で笑った。

ヴィヴィは次の一粒は摘んだ形でリュカの口元まで運んだ。

リュカはヴィヴィの指まで唇で挟み、これもまた食べた。

「もっとちょうだい」

リュカにねだられるまま、ヴィヴィはリュカの口に木イチゴを運び続けた。指先に触れる唇の柔らかさが堪らなかった。

しかし、そうやって食べさせられているのがもどかしくなったのか、リュカは持っていたものを下ろしてヴィヴィが捧げ持っている籠に手を入れてきた。

掌いっぱいに掴み、何粒かをまとめて口に放り込む。

「美味し」

笑った唇が果汁で赤く濡れている。

ヴィヴィの目はそれに吸い寄せられてしまった。

その様子に気づいても、リュカの捉え方は見事なくらいにずれていた——ヴィヴィに食べすぎだと咎められているかのように思ったらしい。

「ヴィヴィもお食べよ、こんなに沢山あるんだから。後で僕も一緒に摘めばいいでしょ」

そう言って、ヴィヴィの口に一粒入れた。

ヴィヴィが口を開くと、もう一粒。

「美味しいよね？」

頷くのに、満足そうに笑った。

そして、またもう一粒。

ヴィヴィはリュカの指ごと味わった——イチゴごと吸って、爪の際に舌を絡めてみた。

それを一粒では物足りないというヴィヴィの抗議だと思ったのか、リュカは掌に三粒載せてヴィヴィの口に近づけた。

ヴィヴィは三回啄《ついば》むのを繰り返し、それを食べた。

掌を刺激され、リュカはくすぐったいと首を竦めた。

（……もう少し）

リュカがイチゴをまた掌に三粒載せた。

ヴィヴィは左腕を籠に絡めて右手を自由にしてから、リュカの手を包むようにして掌を丸めさせた。さらに指を折らせていき、その上でぎゅっと力を加えた。

「あ」

リュカが小さな声を上げ、イチゴが潰れたのを伝えてきた。

苦情を口にされるよりも早く、ヴィヴィは開かせた掌に顔を近づけ、潰れたイチゴを舌で掬《すく》い取った。

潰れてもイチゴは甘かった。

瑞々《みずみず》しい果汁にリュカの唇を思い出しながら、ヴィヴィはゆっくりとリュカの掌、指を舐めていく……。

「ぺろぺろって……ヴィヴィったら、小さい動物みたい」

リュカが笑う。

その顔を正面に、ヴィヴィはリュカの揃《そろ》えた二本の指に舌を絡めてみせた。さらっとした果汁ではなくて、まるでハチミツが塗られているかのように。

くすぐったさよりも他の感覚をリュカは感じてくれるだろうか。

「――ヴィヴィ」

名を呼ばれて、目を合わせた。

青紫色の瞳が濡れている。

「舐めていたいの？」

頷く。

「それなら、いいけど……僕、変な感じなんだよ。身体がむずむずしてくる」

リュカの顔から目を逸らさないまま、ヴィヴィはゆっくりとリュカの指を口から出した――わざと最後に舌を見せながら。

ヴィヴィは一粒イチゴを摘み、リュカの口に近づけた。

ヴィヴィが期待したように、リュカはイチゴを口に入れながらヴィヴィの指に舌を絡めてきた――ヴィヴィがしたことを真似て。

ヴィヴィが指を引っ込めようとしても、それを許さない。

指を咥《くわ》えたままでヴィヴィを見つめる。

二人は視線を絡ませ合った。

始めるか、始めないか。

リュカがヴィヴィの指を口から出した。

「……ヴィヴィもむずむずした？」

むずむずどころか、はっきりと欲望を感じている。

ヴィヴィは頷かないまま、左右の色合いの違った——微妙にニュアンスが変わる瞳でリュカを見つめた。

ふっとリュカが大人びた笑いを漏らした。

「ヴィヴィの口にイチゴの汁がついてるよ」

果汁がついていなくても赤い唇をしているリュカがそれを言うのか。

もう堪らなかった。

リュカの様子を窺いながら徐々に進めていくつもりだったが、そう悠長にしていられないのは、身体が若すぎるせいかもしれなかった。

ヴィヴィはリュカにキスした。

触れるだけのキスに留めず、何度か吸った——リュカが吸い返してくるまで。

チュ、チュ…と可愛らしい音が出るたび、全くの初心であるかのように胸がときめくのが照れ臭かったが、ヴィヴィのほうから止める気はなかった。

「……キスが好き?」

リュカの問いに頷いた。

「でも、家ではダメだよ。オリヴィエにからかわれるから」

再び唇を合わせた。

生意気にもリードしようというのか、リュカが唇を吸ってきた。

されるがままに甘んじるが、ぎこちない吸い方がヴィヴィの本気を引き出しかける。そうじゃない、こうだよと示したくなってくる。

(いや、まだだ)

ヴィヴィは強く自分を諌《いさ》めた。

(ゆっくり…もっとゆっくり、今このときを楽しもう)

リュカの身体と恋心が充分に育つまで。

＊

森の北側に行った日は猛暑だった。

帰り道は岩場に立ち寄り、薬品の材料となる鉱物を採取した。

石灰は特に必要だ。森の外とのやりとりには建築資材は含まれないが、医薬品、乾燥剤、漂白剤…その他いろいろなものを作るための材料となる。

鎚《つち》を振るうリュカも、掘り出した石灰を箒に乗せて荷車に運ぶヴィヴィもいつしか汗まみれになっていた。

その汗に蚊《か》が群がるのが鬱陶《うっとう》しい。

屋敷に戻る前に、二人は近くにあった湖で水浴びをすることにした。

リュカは躊躇《ためら》いなく服を脱ぎ捨て、ヴィヴィよりも先に飛び込んだ。汗に濡れ、いつもよりもきつく縮れていた赤茶色の頭を早速水の中に突っ込む。

ヴィヴィはというと、左手右足が不自由なのでそれほど早く衣類を脱ぐことは出来ない。

「ヴィヴィ、早くおいでよ。気持ちいいよ」

リュカが呼ばわるのを聞きながら、ヴィヴィはやや不様な仕草で右足をズボンから抜いた。

ヴィヴィとしては見せつけているつもりはなかったが、少し遠くで待っていたリュカの目にはどう映っていただろう。

そこかしこに視線は感じていた。

(……見ているな、まじまじと。他人の裸を見る機会なんてなかったもんな)

青年に近づきつつあるヴィヴィの身体を自分と較べているのだろうか。それとも、人体図鑑で見たことがある女性の身体と較べているのか。

やや直線的なしなやかさと魅惑的な曲線では、どちらに慕わしさを感じるのか。

問いかける必要はない気がした——くだんの魔族の女に襲われた件はトラウマものだが、もはや都合がいい事件だと思われていた。

ヴィヴィはちらとだけリュカに目をやった。見咎めたつもりはないのに、弾かれたようにリュカは水の中に潜ってしまった。

その耳が真っ赤だったことをヴィヴィは見逃さなかった。

やっと衣類を脱ぎ終わって、ヴィヴィはまず湖の縁に腰を下ろした。水の冷たさを確認しながらそろそろと足だけを入れた。

そして、右の掌で掬った水でまずは顔を濡らし、次は肩を、次は胸…と汗を流し、身体を冷やしていく……気持ちがいい。

「ヴィヴィ」

気がつくと、リュカはすぐ水際まできていた。

ヴィヴィの骨っぽい膝頭に顔を寄せてちゅっと口づけてくるのに、ヴィヴィはぞくぞくと迫り上がってくるものを感じた。

しかし、リュカは無邪気そのものだった。

「考えてみれば、ヴィヴィは泳いだことがないものね。僕に摑まればいいから、大丈夫だよ。さ、おいで」

差し出された手を摑み、ヴィヴィは水の中に静かに身を沈めた。

浮力を感じた。

バランスを崩しかけると、ありがたいことにすぐにリュカの手が身体に回された。

「僕の肩に摑まれる?」

まさか泳げないとは思っていなかったが、リュカの肩に両腕を乗せた形で立ち泳ぎするのは楽だった。

「後ろ向きになるけど、このままね」

リュカはゆっくりと泳ぎ出した。

リュカに摑まり、危なげなく湖の真ん中まできた。

そこに石を積み上げたような島があった。

這い上がって休もうとまずはリュカが上がり、次いでヴィヴィを引っ張り上げてくれた。

湖の水が冷たかったので、傾きかけた日差しがちょうど良かった。背中が焼ける感覚なしで身体が乾いた。

ひぐらしが鳴き始めた。

水鳥たちがぷかぷかと浮き、透明な水の中には魚が泳いでいるのが見えた。そよぐ葦《あし》の上には大きなトンボが悠然と飛行している。

眺めていると、時間の流れを忘れそうになってしまう。

ヴィヴィに教えているつもりか、リュカは囁くほどの声で魚の種類を言っていく。ヴィヴィはうんうんと頷きながら聞いている——リュカの声を。

知らない魚がいて、リュカが黙った。

束の間の沈黙……。

周りに生き物たちは沢山いるのに、リュカとヴィヴィは二人っきりなのだ。それを意識したのはどちらが先だっただろう。

どちらからともなく顔をお互いに向けていた。

ふっと笑ったのはヴィヴィだったが、ヴィヴィの手を取ったのはリュカだった。

「ねえ、ヴィヴィ……僕は一人が寂しくなったんで、きみを造ったんだよ。最近は一緒に来てくれるんだね、嬉しいよ。二人でなんでも出来るのが楽しい」

ヴィヴィは頷いた。

「ここはきれいなところだけど、一人で来てたら眺めなかったかもしれない。ずっと前、お師匠さまと一緒に来て以来だよ」

うんうんとヴィヴィは頷いた。

「お師匠さまのこと、まだ話してなかったよね。上手く話せるかなぁ」

リュカが言葉を探している間、沈黙が続いた。

ヴィヴィとしては聞きたいような、もはやどうでもいいような……。

ボッチャン！

「え、なに!?」

一匹のカエルが池に飛び込んだだけのことだったが、静けさに浸っていたリュカは飛び上がらんばかりに驚いた。

「…くっ」

思わず、ヴィヴィは笑ってしまった。

「ヴィヴィったら、笑ったね」

リュカがヴィヴィにキスしてきた。

「笑うとまだ可愛いや」

リュカの顔がまだ至近にあるうちに、今度はヴィヴィからキスをした。

触れるだけのキスをしてから、目を合わせ、リュカの青紫色の瞳の中に自分の顔を見た。うっとりした表情が照れ臭くて、見ていられなかった。

それよりも、もっと……。

ヴィヴィはもう一度唇を重ねにいった。

リュカは拒まなかった。

深く重ね合わせた上で舌先で誘うと、おずおずとリュカが応えてきた。角度を変え、呼吸をし、また深く、浅く…キスを続けた。

キスばかりをずっと――飽きることなく続け、ヴィヴィはリュカを貪《むさぼ》り、また貪られた。

顔が熱くなり、息が上がった。

「あ…ふっ」

キスの合間にする呼吸が苦しい。苦しいのに、少しでも唇を離していたくない。きりがなかった。

「…ん、ん――」

ぬるっとキスがずれた。

「あ」

やっと口づけを止められた。

しかし、視線は外さない。

「……ヴィヴィ」

鼻と鼻がくっつきそうな至近距離で、リュカが言った——眉間《みけん》に二本の縦皺《たてじわ》が寄っている。

「キスしてたら、あそこが堅くなってきちゃった。僕だけ？」

困惑が伝わってくる。

（……まさか？）

外見的には十代半ばを過ぎ、動物たちの繁殖方法についても理解しているようなのに、まさかリュカは射精したことがなかったのだろうか。

とにかく、リュカは変化を怖れる。

本人が望まない限り、身体的成長は進まないのかもしれない。

（ならば、手取り足取り教えてやるまでだ）

自分も同じ状態だと伝えるために、ヴィヴィはリュカの手を自分のそこに持っていった。

「ああ」

躊躇いを見せることなく、意外にもリュカはヴィヴィの堅くなったそれをむんずと握った。

溜息を吐く。

「熱いね。堅くて、熱い」

　そこでリュカは視線を外し、自分の手の中にあるヴィヴィのそれを見た。

「なんだか痛そうに見えるんだけど……」

　剝き出しになった先端の瑞々しい鮮やかさは目に痛い。

　ヴィヴィは首を横に振った。

「そうだね、僕だって痛くはないんだ。ただドクドクって脈打ってて……どうしたらいいか分からない気分になってるよ」

　リュカの手の上から、ヴィヴィは上下に動かすように誘導した。

「……え、こうするの？」

　ヴィヴィは頷く。

「これでいい？」

　頷きながら、顎をリュカの肩につけた——はあっと吐いた熱い息がリュカの首筋にかかるように。

「ヴィヴィ、気持ちいいの？」

　頷く。

「気持ちいいんだね？」

　リュカの手の上から自分の手を放し、ヴィヴィはいよいよ勃《た》ち上がっているリュカのそれを握り締めた。

「――…っ」

身を縮めるようにして、リュカは小さく悲鳴を上げた。

構わず、ヴィヴィは上下に動かしてやった。

「あ…ダメ、これって……な、なんか、怖いんだけど……」

リュカは訴えるが、ヴィヴィは手を止めなかった。

「……う、ううっ」

知らない快感にリュカは呻《うめ》く。いやいやと首を振りながらヴィヴィの手首を掴むが、引き剝がそうとまではしない。

「そ、そっか」

急に納得の言葉を発した。

そして、リュカは手に握ったままだったヴィヴィのそれを動かし始めた。

ヴィヴィはリュカのぎこちない動かし方を甘んじて受け入れながら、手にしたリュカを振り動かした。リュカはヴィヴィの手の動きに翻弄《ほんろう》されながらも、それに倣おうと一生懸命にヴィヴィに上下運動を加える。

二人の息づかいが響くが、聞いているのは森の木々だけだ。

「あぁ……」

　感極まった声は切なく尾を引く。

　じわりと先端が濡れてきたのに、ヴィヴィは握り方を変えた——親指を立てて、括《くび》れにひっかかりを作る。

　そして、二回、三回……新しい刺激に、リュカが背中を戦慄《おのの》かせた。

「ヴィヴィ、ねえ……ど、どうして知っているの？　こうするのがいいって」

　ヴィヴィに返事をする言葉がないのを知りつつも、リュカは問わずにはいられなかったのだろう。

　果たして、言葉があったとしてもヴィヴィは答えていただろうか。

　外見はまだ少年だが、中身は記憶を無くしたヴィクトールなのである。いや、造られた時点ではヴィクトールだったかもしれないが、今はもう彼ではない。

　手足が不自由で、口が利けない状態で造り出され、日々を過ごすうちにヴィヴィになった。

　ヴィヴィとしての人生を歩んでいる。

　この事実はリュカの理解を越えてしまうだろう。

　ふと思った。

（オレが師匠だと知ったら、この子は嬉しがるのかな？）

ヴィヴィにとっては面白くない状況だ。

(まさか、ヴィクトールに嫉妬だと?)

ヴィヴィはヴィクトールではないが、ヴィクトールを素材に造られた者——心身にヴィクトールの面影を多く遺《のこ》している。

複雑だな…とヴィヴィは自嘲《じちょう》を噛み締めつつ、リュカに口づけをした。

唇を合わせたまま、行為を続ける。

「……あふ、ふ…っ」

キスに夢中になりながらも、リュカもヴィヴィも足の付け根にくる緊張を無視しきれない。

心臓がそこに移ったかのように脈動はますます大きくなる。

キスの合間にリュカが言う。

「す…すごいね、ヴィヴィ。また堅くなった?」

キス、そしてキス。

絡ませた舌が甘くて、泡立つ唾液《だえき》に噎せそうになる。

二人は登り詰める。

躊躇いがない分だけ、ヴィヴィのほうが早く達した。脇腹を波打たせ、白い体液を思いっきり放つ。

「あ」

弧を描いて湖面にまで飛んだそれを見て、リュカが小さく声を上げた。

「すごく飛んだ」

素直な指摘を愉快に思いながら、ヴィヴィは快感が放射状に身体中に広まっていくのを味わった。

満足の溜息を吐く。

しかし、リュカがまだだ。

ヴィヴィはリュカを握り直し、追い上げにかかる。強弱をつけて握りながら、さらに上下運動を加えた。

「……あ、あれが出るんだよね？」

ヴィヴィは頷く――出していいんだ、と。

「でも、ちょ…ちょっと待って……」

リュカがいやいやと首を振りながら、膝をきつく閉じた。力を入れてどうにか射精を堪えようとする。

「なんか怖い……先っぽが、先っぽが…なんか……――」

ヴィヴィに声が出せたなら、大丈夫だと言ってやっただろう。大人になろうとしている人間の男なら誰でも経験することだ、と。

せめて左腕が情緒的に動かせたならば、優しく肩や背中を撫でてやれただろうに……。

他にどうすることも出来ず、ヴィヴィは射精を促し続けた。

「ダメ、出来ない！」

リュカは叫び、ヴィヴィを強く押し退《の》けた。

もう少しのところだったのに、尻込みして、湖の中に飛び込んでしまった——好奇心はあっても、リュカは自分の身体に起きるだろう変化を受け入れられなかった。

師匠が死んでしまってから、判で押したような毎日を繰り返し、深い森の中にある屋敷でひっそりと少年の姿のままで暮らしてきた。

愚かで臆病な少年であることがリュカの望みだったのだ。

もしかしたら——その望みは、師匠のものだったのかもしれない。恋人が欲しくてリュカを造ろうとし、ヴィクトールは左の紫色の瞳と器用だった右の手、それから寿命二十年を失った。

リュカが青年になったとき、ヴィクトールはもっと年を取っているだろう。リュカの相手にはなれない。それなら、リュカには幼いままでいてほしいと願ったとしても不思議はない。

精通を回避し、リュカは岸を目指して泳いでいた。

ヴィヴィも水に入って、リュカを追いかけ始めた。左手と右脚は上手く動かせないが、右手と左脚で水を掻《か》き、思いの外、速く泳ぐことが出来た。

しかし、リュカに追いつくほどの速さではない。

ヴィヴィが岸に迫ったとき、リュカはもう水から上がろうとしていた。少年らしく腰が括れた裸体が縁石まで這い上がる。

ヴィヴィは心で叫んだ。

(『待って、リュカ。待てって言っているだろ?』)

その叫びにリュカが振り向くとは思わなかった。

「お…お師匠さま?」

リュカは大きく見開いた目でヴィヴィを見つめてきた。

「お師匠さまですか?」

ヴィヴィは一瞬迷ったが、頷きはしなかった。

リュカは否定するかのように頭を左右に振った。

「なにを言ってるんだろ、僕。ヴィヴィとお師匠さまを重ねて見るなんて…ね。右の目の色は同じかもしれないけど、年齢も身体の大きさもなにもかも違うのに」

ヴィヴィが岸まで泳ぎ着くと、リュカは這い上がるのに手を貸してくれた。

「急に泳ぎ出してごめんね、ヴィヴィは身体が不自由なのに……でも、よく泳ぎきったよ」

子供扱いしようとするリュカにヴィヴィはキスした。

二人ともまだ裸だ。

向かい合い、視線を交わす——目の高さは同じ…いや、ヴィヴィのほうがほんの少し高かったかもしれない。

ヴィヴィは強引に迫るつもりはなかったが、リュカは目を逸らし、じりじりと後ずさった。

視線を合わせようとしながら、ヴィヴィは距離を詰めた——杖がないので、右足が不様に弾まないように気を遣いつつ。

ついに背中に木を背負う形でリュカは下がれなくなってしまった。

「……ヴィヴィ」

リュカのしっとりと潤んだ青紫色の瞳が、縋るようにヴィヴィを見てきた。

「今日は、僕、もう…——」

ヴィヴィはさらに距離を詰め、少し屈《かが》んでリュカの胸の突起に口づけた。吸いついて勃起《ぼっき》させた上で舌を絡めた。

リュカは戸惑っていた。

「な、なにを……?」

ヴィヴィはなんでもないと首を横に振ってみせた——なんでもないことだと思って、ただ感じてくれればいい。

「そんなとこ吸っても、なにも出ないのに？」

初めリュカはくすぐったがっていたが、戸惑いがちにヴィヴィの金色の頭を撫でていた指が止まった。

ヴィヴィは顔を上げ、リュカの顎を目指してキスを上へ上へと這わせた。顎からは耳へ、耳にそっと息を吹きかけた。

「……はっ」

リュカが肩を竦めた。

耳たぶをしゃぶり、頬にキス。

そして、やっと唇。

リュカは待っていたとばかりに応えてきた。口づけに熟れた唇で挟んで、吸い、巧みに舌を探る。もうヴィヴィに倣う感じでもない。

ヴィヴィはリュカの足元に膝立ちになった。

リュカのそれは半分勃ちかかっている状態で、口に入れるにはちょうど良い。ヴィヴィは口を大きく開いて、ぱっくりとリュカを咥え込んだ。

「な、なにを……！」

リュカは絶句し、膝を震わせた。

ヴィヴィは言う——リュカに届いたかどうかは分からないが。

(『大丈夫だから』)

怯えることはない、普通のこと。

ヴィヴィはリュカの成長を強く望んでいた。心身共に愛情を伝え合うために、リュカにはぜひとも変化を受け入れてもらいたかった。

(『目を瞑《つむ》って、ただ感じていればいい。すぐに済むよ』)

観念したのか、リュカはもう抵抗はしなかった。

一度絶頂の間際まで登り詰めた身体は、興奮を覚えていた。口を窄《すぼ》めたり緩めたりしながら、根元を輪にした指で何度か擦っただけで完全に堅くなった。

甘酸っぱい先走りを吸い、括れに舌を絡ませた。

「——っく」

リュカが四肢を突っ張らせた。

我慢などさせる気はない。

割れ目に尖らせた舌先を差し入れ、抉《えぐ》るように刺激した。

リュカの指がヴィヴィの金髪を掴む。それが強ければ強いほど、リュカが感じきっているのがリアルに分かった。

「あぁ…あ、あぁん」

口の中でリュカが弾けた。

若草のような匂いと味わいの液体を受け止め、ごくりと喉《のど》を鳴らして飲み込む――リュカの命が溶けた体液だ。

そして、最後の一滴まで絞るかのように吸い上げた。

「……ヴィヴィ、飲んじゃったの？」

ヴィヴィの顔を両手で包み、リュカは尋ねてきた。

こくりとヴィヴィが頷く。

リュカはなんとも言えない顔をした――戸惑いとショック、もちろん快感も否定出来ないでいる。ヴィヴィの口を穢《けが》したという自戒の念も。

小さく呻いて、リュカはヴィヴィを掬い上げるようにして立たせた。

「僕は大人にならなきゃね」

きっぱりした口調だったが、顔は今にも泣き出しそうだ。

慰める必要を感じ、ヴィヴィはリュカの頭をよしよしと撫でた。

「ヴィヴィよりもずっと長く生きているんだから、早く大人にならなきゃいけないよね。ヴィヴィはゆっくりでいいよ……ね、ゆっくりね」

リュカはヴィヴィを抱き寄せた。包み込むのではなく、むしろしがみつくようにして——ずっと一緒にいようね、と。

二人の頭上でツグミが鳴き出した。

このキュイッ、キュイッ…というさえずりは求愛の歌である。一緒に巣を作り、卵を温めようという誘いなのだ。

ヴィヴィはリュカの体温を受け止めながら、これは本当に恋なのだろうかと考えていた。

錬金術師と弟子、製作者と製作物の関係は親子に近い。親子なら性的な触れ合いは必要ないが、こんなにも欲してしまうのはなぜなのか。

(本当の親子ではないから…?)

血の繋がりがないことを性的な繋がりで補完しようというのだろうか。突き動かされるような衝動は不可解だが、抗《あらが》いがたい切なるものだ。

自分が望んで行動しているつもりだが、それ以上に誰かの望みであるような気がしてならない。そうだとすれば、一体誰の望みなのか。

ずっと一緒にいたいと望んだのは誰か。身も心も欲しい、繋がりたいと望んだのは。

それほど孤独だったのは誰なのか。

（ああ、ヴィクトール…お前なのか？）

ヴィヴィは自分に問いかける。

返事はないが、たぶんヴィクトールの思いは今もヴィヴィの中で燻《くすぶ》っているのだ。

5　ある晩の夢

「お母さまには内緒ですよ」

家庭教師はそう言ってから、子供の傍らに横たわった。

癖の強い赤茶色の髪に囲まれた顔は真面目で、いつもどこか悲しげだったが、生徒である金髪の王子に向ける笑顔は温かい。

母親には厳しく躾《しつ》けなさいと言い渡されていたものの、幼い子供にはハグとキスが必要だと彼には分かっていた。

「明日はいよいよフェニックス祭ですね。お祭りの様子をお城のベランダから見ましょう。かなり大きく見える双眼鏡を作ってみましたよ」

「星の観察をするやつじゃなくて？」

「もっと手軽なものです」

家庭教師の名前はリュシアン・ゴットリーブ。

魔力があるのを隠して王立大学に入学したが、魔法を使うところを見られてしまい、王城に連れて来られた――全ての魔法使いは王に属さなければならないからだ。

魔力を持って生まれてきた人間は特別なのだ。

リュシアンは物理学を学ぶのを断念し、一流の魔法使いになるべく訓練を受けさせられることになった。しかし、もともと持っている魔力が小さかったのか、魔法使いとしてはあまり高い評価はされなかった。

結局は、学力の高さを見込まれる形で、国王とその相談役である魔法使いの間に生まれた王子――ヴィクトール・コルベール、将来的にはおそらく公爵位を授けられるだろう庶子の教育を任されることになってしまった。

森の中にある魔法使いたちの屋敷で育てられ、ようやっと王城に上がることを許された王子だったが、多忙な母親はあまり構ってやろうとしない。可愛がるといい、と自分の血を飲ませた黒猫を一匹与えただけだった。

そんな境遇のせいか、十歳になる王子はリュシアンによく懐いた。

リュシアンはまだ二十代半ばという若さだったが、兄というよりは父親に近い気持ちで王子に接した。

「さ、おやすみなさい」

「朝まで一緒に寝てくれる？」

「はい、仰せのままに。今夜は特別ですよ」

王子の肩を布団でくるみ、額にキスした。

「……好きだよ、リュシアンが…キスしてくれるの」

王子はリュシアンを見つめ、くふっと笑った。

その瞳は左右の色が違っていた――理知的な青と情緒的な紫、二つの感情を併せ持つことを暗示した。今はとても可愛らしい子供だが、成長のみぎりにはどれほど魅力的な男になるだろうと思われた。

王子は利発で、母親譲りの魔力も高い。野心的な母親は、当然のように王座を望むように仕向けるだろう。

しかし、それは国のためにならない。

「あなたはお祭りも好きになりますよ」

「うん、きっとね」

リュシアンは、ヴィクトール王子の子供時代が出来るだけ長く続くように…と願わずにはいられなかった。

翌日はフェニックス祭だった。

国王と王妃、その子供たちは馬車で街に見物に出かけたが、ヴィクトールだけは許されなかった——公式には、国王の子供の一人として数えられていないからである。

しかし、それは想定内のことで、ヴィクトール王子はがっかりする様子は見せなかった。予定通り、王城のベランダから双眼鏡で祭りを眺めた。家庭教師と一緒に楽しめれば充分だったのだ。

祭りは夜まで続いた。

夜空を彩る花火が美しかった。大きなフェニックスの姿がぱっと浮かび、パラパラと小さな光の粒になって落下していく様子は見応《みごた》えがある。

「フェニックスが滅びかけた国々を救ったんだよね？」

何度も聞いた昔話だろうに、王子は反芻《はんすう》したがった。

家庭教師としてリュシアンはつき合う。

「そうですよ。魔族たちが好き勝手していたところを、炎の翼で低空飛行して燃やしたんです。暗闇をはらう神さまの使いですから」

「せっかくお祭りなのに、フェニックスが別の国にいるのは残念だよね」

「フェニックスは自分の好きなところに住みますからね。何十年か前はこの国にいたのですよ。

今日の花火が気に入れば、明日にでも飛んでくるかもしれません」

「花火、見てるかな？」

「フェニックスも神さまですから、どこにいても心の目でなんでも見られますよ」

花火が終わり、二人がベランダから去ろうとしたとき、柵《さく》のところに真っ黒なカラスが舞い降りてきた。

カラスを見せないように、リュシアンは子供を屋内へと促した。

「さ、もうお終いです。あなたは寝る時間ですよ」

それなのに、ヴィクトールは名残惜しくてベランダを振り返った――不吉なほど黒いカラスの真っ赤な目を見てしまう。

そうでなくても、夜に現れる黒い動物は魔族の可能性があると言われている。目を合わせるどころか、存在を認めてはいけない。

「ヴィクトールさま」

胸騒ぎを覚えつつも、子供はすぐに家庭教師の後に従った。

たったそれだけのことで、その晩ヴィクトールの寝室に巨大化した黒いカラスが襲来するとは誰が予想しただろう。

夜半過ぎ、いきなりだった。

バババーン！

窓ガラスを破り、重たい夜用のカーテンを吹き飛ばしてカラスは侵入してきた。逃げるヴィクトールを追い回し、強い爪でがっちり摑《つか》んだ。

連れて行かれるかと思ったとき、隣室からリュシアンが飛び込んできた。

人を呼んでいる暇はなかった。

リュシアンはカラスの頭部に壺《つぼ》を投げつけ、昏倒《こんとう》しているわずかな間にヴィクトールを爪から外した。

「お逃げなさい、ヴィクトールさま。急いで、お部屋の外へ」

ヴィクトールが這《は》うようにして扉のところまで辿《たど》り着いたとき、リュシアンはすでに復活したカラスと向き合っていた。

カラスが口をガッと開け、そこから赤い光がリュシアンに向けて発せられた。

リュシアンは両手を盾にして跳ね返そうとしたが、悲しいかな、強い魔力を持たない彼は踏ん張ることが出来なかった。

あっという間に寝室の壁にまで吹っ飛ばされた。

カラスの目は再びヴィクトールに向かった。

扉のところでもたもたしていた子供はカラスの目に縫い止められてしまう。足元で黒猫がニヤーニャー促しても、ぴくりとも動くことが出来ない。

リュシアンはどうにか立ち上がり、子供の名を呼んだ。

「ヴィクトールさま！」

しかし、まだ動き出せない。

リュシアンは掌《てのひら》に生じさせた火をカラスに投げつけ、自分のほうにカラスの注意が向くように仕向けた。

カラスがまた口を開いた。

赤い光がリュシアンに襲いかかる。

攻撃より逃げに徹し、どうにか致命傷を喰《く》らうのを避けたつもりだったが、気がつけば右肩がごっそり抉《えぐ》り取られた。

バランスを失い、膝《ひざ》をついてしまう。

「リュ…リュシアン？」

血塗《ちまみ》れになった家庭教師を目にするや、ヴィクトールは前へ飛び出した。

「いやだ、いやだ、いやだ――――っ」

渾身《こんしん》の魔力でカラスに相対する。全身からまばゆいばかりの光の矢を放出し、カラスの身体を穴だらけにしてのけた。

断末魔の声を聞いても、カラスが跡形もなく燃え焦げるまで、ヴィクトールは攻撃の手を緩めなかった。

恐怖と怒りの極限で、魔法使いの少年は持てる魔力を使い尽くした。

この事件でほとんどの魔力を失い、王子はなんの役にも立たなくなったと母親から見限られてしまうこととなる。

王城から出されて、手に職をつけよとばかりに高名な錬金術師の元へと預けられることが決まった。

そのことは重傷を負った家庭教師には知らされず、悲しいかな、リュシアンは王子の出立を見送ることが出来なかった。

(自分にもっと魔力があったら、あんなことには……魔法使いとしての術がもっとあったら……!)

ヴィクトールを守れなかったことがリュシアンの悔いだ。

(誰よりも幸せになってほしかったのに…その素養はあった子供なのに、みすみす失わせてしまった……)

身体が治癒しても、罪悪感は消えることはなかった。

王子の母親からも大いに罵倒《ばとう》されたし、自分の生きる目的が本当に分からなくなってしまった。

北の国との戦争が起きると、彼は自ら進んで魔法騎士となった――怪鳥に跨《また》がり、先陣として敵軍に突っ込んでいく下級騎士に。

戦場に赴く前日、リュシアンはヴィクトールに手紙を書いた。

どうにも顔向け出来ず、会いに行けないでいた意気地のない自分を許してほしいという思いを込めて。

型通りの季節や健康を伺う挨拶《あいさつ》の後、自分は祖国のために戦うことにしたと宣言し、王子が健やかに成長することを誰よりも祈っていると結んだ。

そして、追伸として魔法を諦《あきら》めないでほしいと書き添えた。

『ヴァランタンと話が出来るのであれば、まだ魔力は備わっています。誰とも戦わなくていい、ただ魔法を使うことを怖れないで』

そして、数か月後――。

錬金術師の家に住まうヴィクトールのところへ、届け物があった。赤茶色の一房の髪と血液が入った小さなボトルである。

身内がいなかったリュシアンは、遺品の受取人としてヴィクトールを指名していた。

彼は国境沿いの魔法使いの村で生まれたが、他国の魔法使いの襲撃を受け、たった一人生き残ってしまった少年だった。

慕っていた家庭教師リュシアン・ゴットリーブの戦死を知るや、ヴィクトールはさめざめと泣いた。

母親に嫌われても、王城から追い出されても泣かなかったのに、彼の死だけはどうしても我慢が出来なかった。

なんの条件もなく、自分を愛してくれた人にはもう会えない。

この残酷な事実の前に、果たして、少年に泣く以外にすることはあっただろうか。

＊

目が覚めたとき、ヴィヴィは夢で味わった苦い喪失感に沈んでいた。

（戦争に行くなんて自殺も同然じゃないか、リュシアン。そんな、責任を感じることはなかったのに……)

母親譲りの魔力は失ったかもしれないが、ヴィクトールは師匠に恵まれ、錬金術を極めることになった。

その後の孤独は彼自身の選択によるもの。

誰のせいでもない。

それにしても、どうしてこんな夢を見たのだろう――ヴィヴィが夢うつつのうちに繰り広げた妄想か、ヴィヴィの中に沈むヴィクトールの記憶なのか。

当時を知る者はいないので確かめようもないが、全てが出鱈目《でたらめ》というわけでもなさそうなのが空恐ろしい。

(だけど……そうか、リュカはやはりリュシアンなんだな。ヴィクトールはずっとリュシアンを忘れられず、求め続けていたんだ)

その執着の強さには恐れ入る。

神でもないのに、神であるかのように命ある者を造ろうとし、死に神でもないのに、死んだ者を復活させようとする情熱はきっと狂気だ。

そこまでさせてしまうものなのだろうか、執着とは――恋慕とは。

しかも、ヴィクトールはリュシアンそのものを得られたわけではない。同じ色の髪、目を持ちながらも、リュカの中身はリュシアンには遠い。

それにもかかわらず、ヴィクトールはリュカを守って死ぬことになり、リュカはヴィクトールがいた頃と同じ生活を三十年も続けるのだ。

そして、リュカは意図しないままでヴィヴィを造った。

ヴィクトールの記憶はなく、それゆえにヴィクトールそのものになれるはずもないにもかかわらず、今のヴィヴィはリュカに強く惹《ひ》かれていた。

性的好奇心も相まって、リュカはヴィヴィに引《ひ》き摺《ず》られているだけのようにも思われるが、きっとリュカも同じだろう。

運命だろうか。

ヴィクトールとリュシアンのお互いを思う強い気持ちが、相手の死後も消えずに、こうまで後を引くなんて……。

ヴィヴィは忌々しげに髪を掻《か》き上げた——感情を自分以外の者に支配されているような感じがして、なんだかイライラする。

とにかく、自分はヴィクトールではない。

まだ朝は遠いようだ。

寝直して、もっと後味の悪くない夢を見られたらいい。

温《ぬく》もりを求めてこちらに背を向けて寝ているリュカにくっついたとき、ヴィヴィはリュカが泣いていることに気づいた。

暗くて良く見えないが、リュカはしゃくりあげていた。

頬に触れる。

リュカはヴィヴィのほうを振り向いた。

「……助けてあげるつもりだったのに、僕はあの子に庇《かば》われてしまった。結局、僕はなにも出来なかったよ」

まさか、同じ夢を見ていたのだろうか。

(『違う、あれはリュカじゃない！』)

ヴィヴィの心の声をリュカは聞き取り、ううんと首を横に振った。

「あれは僕だよ。夢の中で僕は家庭教師で、金髪の王子さまの先生だった。僕に懐いてた王子さまはヴィヴィにそっくりだったよ」

(『違うよ、あれはヴィヴィじゃないんだ』)

「うん、ヴィヴィじゃないね。ヴィクトールって呼んでたもの。そして、ヴィクトールは僕のお師匠さまの名前と同じなんだ」

リュカが暗闇の中で目をぱっちり開けるのが見えた。

「……僕は、なんだ？」

　夢の中でリュカはリュシアンで、ヴィヴィはヴィクトールだった。それが意味することにリュカは気づいてしまうだろうか。

（『リュカはリュカだよ』）

　ヴィヴィは言ったが、リュカが聞いてくれた感じはしなかった。

「僕を庇ったせいであの子は魔力を失い、お城に住まわせてもらえなくなってしまったんだ。王子さまだったのに……僕は無力で、なにも出来なかったよ」

（『リュカ、違う。リュカはリュシアンじゃない。無力でもいいんだよ』）

「いやだ」

　リュカはきっぱり否定した。

「無力って罪だよ？　僕はちゃんと守れるようにならなくちゃ。錬金術で武器を作れば戦えるかな？　剣でも爆薬でも作って、ヴィヴィのことは何としてでも守ってあげないと……」

　ヴィヴィは起き上がってリュカに屈《かが》み込んだ。

　目を瞑《つむ》るように両方の瞼《まぶた》にキスを落とし、閉じさせた。

（『眠って、リュカ。なにも考えなくていいから。今度は楽しい夢を見てくれ』）

　リュカの額から目の下まで、掌で撫《な》でるのを繰り返した——何度も何度も、リュカが再び寝入るまで。

「……ヴィヴィを守るんだ」

そう小さく呟《つぶや》いてから、リュカの呼吸は規則的になった。

暗闇の中でヴィヴィは一人起きていた。

（オレが現れたばっかりに、リュカはリュカでいられなくなってしまうのか？）

あまりにも浅慮だとオリヴィエには溜息《ためいき》を吐《つ》かれても、優しくて楽天的なリュカがヴィヴィは好きだった。

リュカにはリュカのままでいてほしい。

成長するのはいいとしても、強くなりたい、能力をつけたいとリュカが望むのをヴィヴィとしては喜ぶ気にはなれなかった。

6　ヴィヴィの焦燥

ヴィヴィと同じ夢を見た翌日からリュカは急に変わった。

三十年の停滞を取り戻すかのように、心身共にきりきりと動き出した。

日々のルーティンは相変わらずでも、その一つ一つにかける集中が違ってきた。効率よく片付け、時間の余裕を作っては勉強する――まるで少し前のヴィヴィだ。

意識の変化は、毎朝作る卵料理の出来にも大きく現れた。焦がすことなく、高確率で美味しそうな半熟に仕上げられるようになった。

しかしながら、ヴィヴィの目にはそんなリュカは危なっかしく映る。

（強くなる？　賢くなりたい？　そんな必要がどこにあるんだ？）

リュカを守り、可愛がるために、ヴィヴィはむしろ自分のほうが成長する必要があると思っている。変わりたいのは自分だ。

一方、リュカは――リュカにはヴィヴィの製造主としての責任がある上に、くだんの夢を見たときに自分とリュシアンを重ねてしまった。

生徒を守れなかった彼の無念の追体験は、若い女と犬に化けた魔族に殺されかけたときの無力だった自分に上乗せされた。

リュカは言った。

「やらなきゃならないことがいっぱいあるんだ。一日ってホント短いよね」

過去三十年間、錬金術の本やヴィクトールの記録帳を夜ごと捲《めく》ってきたリュカだが、意外にもその記述内容のほとんどが頭の中に入っていた。

ただ思考力を働かさなかったので、蓄えた知識は活用されなかっただけだった。

リュカは思考するようになった。

たとえば、いつもの薬を作っているときに手を止めたかと思いきや、この薬は苦すぎるから子供のために甘味を加えたものを別に作ったほうがいいと言い出したり、保存のためには水薬ではなく粉薬にしたほうがいいと言って作り直してみたり……。

殺虫剤をどうやったら広い範囲に撒布《さんぷ》できるか、サビ落とし剤をレベル別にすれば元の素材を損なわずに済むのではないか、とか。

考えることで、製造する薬品の可能性は広がった。

また、考えることで、森の中にある屋敷の安全性に疑いを持った。

リュカはこの森が魔法使いの修業の場だったことは知らないが、なんらかの守りが施されているのは感じていたようだった。

実際のところ、魔法使いたちが修業の場としていた頃から森に敷かれた道は迷路になっていて、一度迷い込んだら出られないというウワサのせいもあり、もともと人間の侵入者は少なかった。わざと放置しているアンデッドたちもそれなりの役目を果たしていた。

魔族避けには、魔法使いたちがボディガードとして飼い慣らした怪物や妖獣がいまだ機能している。

しかし、人間に化けた魔族の侵入が起こった。

くだんの魔族が優秀だったとも言えるが、もっと優秀な魔族が入ってこないという保障はない。

リュカはオリヴィエを捕まえた。

「魔族が苦手なのは日光だよね？　眩《まぶ》しくて目が見えなくなるんだよね？」

リュカの真剣さを前にして、オリヴィエは相手になった。

「日光に限らず、眩しい光や炎で目がやられるぞ。それから、たぶん熱にも弱い。あいつらは湿った低温の場所が好きなんだ」

「乾いた高温の状態を作るとしたら、やっぱり火が一番なのかな」

「森を焼くか？」

「それはないよね、屋敷が剝《む》き出しになっちゃうもの。やるとしても、最終手段にしたい」

リュカはまず手榴弾《しゅりゅうだん》を作った——以前、ヴィヴィがしたように。

手製のダイナマイトと限界まで伸ばした導火線を繫《つな》いでみて、手元の操作だけで離れた複数の場所に明かりを点すことが出来ないかと考えた。

その実現はなかなか難しかったが、そこから電気を起こすという発想に繫がった。

さて、人工的に雷を出現させる方法とは？

リュカは規則正しい生活を捨て、研究室に籠《こ》もり、夜な夜な実験を繰り返した。小さな爆発に髪の毛を焦がし、ケラケラ笑うようなところはリュカのままだったが……。

当然ながら、ヴィヴィは好ましくは思わない。

（リュカがリュカでなくなってしまう）

呑気《のんき》で浅慮、あぶなっかしいのがリュカの魅力のはずだった——いや、実験に没頭する姿も悪くはない。

悪くはないが、天真爛漫《てんしんらんまん》なところが無くなってしまうのが残念すぎる。

なにかをきっかけにぐんと成長するのが少年だが、リュカの場合は極端すぎるように思われた。極端な行動にはどこか無理がかかるもの。

ヴィヴィは研究室に忍び込んで、後ろからリュカに抱きついた。

カツカツという杖《つえ》を使う音がどうしてもしてしまうので、たぶんリュカはとっくに気づいていただろう。

「……なあに、ヴィヴィ？」

肩に回った腕を、宥《なだ》めるようにトントンと叩《たた》く――研究の邪魔をされたというのに、全く怒らないところは変わらないリュカだ。

秋が近づいている今、ヴィヴィはもうリュカよりも上背がある。

それでも、リュカはヴィヴィを大きくなりすぎた仔犬《こいぬ》のように扱った。

手足の不自由さと言葉を発せないハンデのせいだろう、相変わらずリュカはヴィヴィの保護者のつもりだ。

赤茶色の髪の毛に鼻を埋め、ヴィヴィはリュカの耳の縁を軽く噛《か》む。

「…っ」

肩を竦《すく》めてリュカが振り向きかけた。

ヴィヴィはその唇にキスした。

熱が籠もりやすい紫色の瞳にものを言わせようとするも、リュカにはその効果がなかなか決まらない。

「先に寝てなさい。ね?」

ヴィヴィは首を横に振りながら、リュカのシャツに手を入れる。

「あ」

胸の突起は敏感だ。

「もう、ヴィヴィったら……しょうがないなあ」

学習意欲に燃えていても、身体は思春期真っ盛りだ。まんまとヴィヴィはリュカを寝室に誘うことに成功した。

「そうだね、もう遅いから一緒に寝ようか」

脱がされる予想はしていても、リュカは寝間着にちゃんと着替えてのける。

布団を掛ける。

まだ眠るわけではないと分かっていても、ランプを吹き消し、傍らに横たわるヴィヴィにおやすみと言うリュカだ。

暗闇に目が慣れたところで、ヴィヴィは身を起こしてリュカに口づけにいく。そっと吸うと、同じくらいそっと吸ってきた。

上唇、下唇……そして、舌。

唾液《だえき》が泡立ってくるまで、甘い味わいの舌を絡ませ合う。

首筋や耳の裏がぞくぞくしてくると、ヴィヴィはリュカのその辺りを手で辿る。リュカがそれを真似てくる。

（……ああ、堪《たま》らない）

寝間着を脱がせ合いながら、身体を手で辿る。痩《や》せているが、しなやかな身体は敏感だ。少しの刺激で跳ねるところがいい。

角度を変えようと唇を放したとき、溜息混じりに名を呼ばれた。

「……ヴィヴィ」

誰よりも近いところにリュカがいるのを実感する。

どうかすると、ヴィヴィはキスばかりしている。リュカの上唇も下唇も好きで、鬱血《うっけつ》するまで吸ってしまう。

しかし、リュカはそれだけでは物足りなくなってくる。

「ヴィヴィ、ねえ」

ヴィヴィの手を取り、自分のそこがどうなっているのかを知らせてきた。わざとおざなりに触っていると、焦《じ》れてくる。

恥ずかしそうに要求するのが可愛い。

「もっと…ちゃんと握って」

リュカの熱くなったそこを強弱をつけて握る。

すぐに先端が濡《ぬ》れてくる——感じやすい、若い性器だ。臍《へそ》につくほど反り返り、これ以上ないほど堅くなった。

割れ目に指先を当て、上下運動を始める。

「い…いいよ、すごく……」

リュカの喉仏《のどぼとけ》が上下する。

そんなリュカが可愛くて、ヴィヴィは狂おしい気持ちになる。

このベッドに縛りつけて、朝まで…いや、昼もずっと、夜が来たら夜中、その次の日もずっとこんなことをし続けたい。

際限なくキスを交わし、ずっとその身体に触れていたい。

どうして森の外のために薬を作り、届ける義務なんてものがあるのか。森の外にだって錬金術師はきっといる。

（リュカ、リュカ、リュカ……！）

首筋から胸元へキスを降らせ、ヴィヴィは胸の突起にしゃぶりつく。

尖《とが》らせて、軽く嚙み、また舐《な》めて……リュカが切なげに喘《あえ》ぐのを聞いたら、もっと下へと向かう。

期待に脇腹が震えているのが可愛い。

そこを掌で撫でてから、ついにリュカを口に咥《くわ》えた。

「……あっ」

跳ねかけた腰を押さえつけ、根元まで口に入れてしまう。彷徨《さまよ》っていたリュカの手がヴィヴィの滑らかな金髪を摑む。

リュカの望みのままに、ヴィヴィは頭をゆっくりと上げ下げした。唇に伝わってくる脈動がけなげだ。

「あっ、ああ、あぁあ…あぁ……」

リュカが漏らす喘ぎに胸が熱くなる。

(『さ、いきなよ……いいんだよ、いって。オレの口の中で……──』)

しかし、リュカは堪《こら》えた。

身体を起こしてヴィヴィを股間から引き剝《は》がすと、リュカのほうからキスしてきた。

啄《ついば》むようなキスをしながら、ヴィヴィを仰向《あおむ》けにする。

「一緒にしよ?」

リュカの意図することが分からないでいたが、頭を下げたリュカがヴィヴィを捉えたとき、リュカのそこはヴィヴィの鼻先にあった。

当然のように口に入れた。

早速ヴィヴィの先端を吸ってくるリュカに、ヴィヴィは喉で呻《うめ》いた。

(……上級者のやることじゃないか、これは)

舐めて舐められ、吸って吸われて、甘く噛んで噛まれて……うねるように快感が身体の隅々にまで行き渡る。

心臓が煩《うるさ》く上下する。

沸騰した血液は中心にあった。

下腹を掌で撫でられ、射精感が一気に高まった。

(う…わ、これはもぅ……もうダメだ)

堪えようもなく脚の付け根を突っ張らせ、ヴィヴィはリュカの口の中で爆《は》ぜた。

瞼の裏に白い花火を見たが、快感に浸ることなくリュカを追い上げた。指の輪で根元を擦り上げつつ、鈴口に尖らせた舌先を捻《ひね》り入れた。

「…っ！」

鋭く叫んで、リュカが達した。

それを口の中で受けるのは、ヴィヴィにとっては痺《しび》れるような愉悦《ゆえつ》だ。青臭いような味や匂《にお》いに執着を覚える。

リュカが萎《な》えるまで舐め続けた。

萎えてしまっても、まだ舐めたい気持ちは続いた。

「ヴィヴィ、おいしいの？　おいしくはないでしょ」

リュカがおかしそうに覗《のぞ》き込んできたが、ヴィヴィはまだリュカを放したくなかった。

仕方なく、リュカは頬を撫でてくる。

「可愛いなあ、ヴィヴィは」

ヴィヴィからすると、その呟きは間違いだ――可愛いのはリュカのほう。朝までこうしていたくなるくらい可愛いのはリュカだ。

しかし、リュカはヴィヴィの金髪を一束摑んで、それにキスした。

「ヴィヴィは僕の王子さまだよ」

それはリュカの最上級の賛辞だったのかもしれないが、ヴィヴィは王子とは呼ばれたくないと思った。

王子はヴィクトールだ。

自分はヴィクトールではない。

リュカが自分にカケラでも師匠を重ねて見るのは嫌だった――王子と呼ばれるのさえ、堪えられないような気がしていた。

＊

秋になった――涼風に揺れる緑は色褪《いろあ》せ、夜空に浮かぶ月が大きく見える季節。

また満月が巡ってきた。

夜半過ぎ、黒猫のヴァランタンが眠っていたヴィヴィを揺り起こした。

『オリヴィエが井戸の蓋《ふた》を開けたよ。起きるかい？』

（……起きるよ）

リュカがぐっすりと眠っているのを確認し、マットが弾まないように気をつけながらベッドを抜け出した。

お気に入りの箒《ほうき》は廊下に立て掛けてあった。

寝室を出るとすぐに跨り、家具にぶつからないように上手に操ってまずは研究室へ。机の引き出しにある『賢者の石』とそれを砕くための小型のハンマーをポケットに入れ、今度は裏口を目指す。

裏庭に出る前から、魔法使いたちの悪夢にうなされる声は聞こえてきた。恐ろしげな声音は不気味で、やはり怪物を思わせないこともない。

(どんな夢を見ているんだろうな)

痛いのか、恐ろしいのか。

戦争責任を負わされた魔法使いたちはお互いに術を掛け合い、無期限の眠りに就いたという。

これほどうなされているのだから、生きながら火炙《ひあぶ》りにされるようなひどい夢かもしれない。

「お、来たな」

井戸のすぐ側に折り畳み椅子を置き、そこに深く座りすぎている屋敷コビトは足をぶらぶらさせていた。

「今夜は来ないと思ったよ」

なぜとヴィヴィが首を傾《かし》げると、コビトはフフンと鼻を鳴らした。

「ここのところお盛んだからな。あれを出すと、若いやつらはぐっすりと眠るんだろ？」

ヴィヴィは首を竦めた。

(見てんなよ)

「わしの部屋のすぐ下だからな」

ほい、とオリヴィエはヴィヴィの喉に効くフラワー・ビネガーの小瓶を投げてきた。キャッチすると、ヴィヴィは一口また一口とゆっくり喉に流し込んだ。

「悪いな、遅い思春期なんだ。身体が若いから毎晩でもいいくらい」

自分もリュカも。

オリヴィエは聞いてきた。

「結局、ヴィクトールはリュカとあんなことがしたかったんだろうな。隠していた欲望を解放出来て、ヴィクトールは満足していると思うか？」

「オレはヴィクトールじゃないよ」

「そうは言っても、お前さん、だんだん外見がヴィクトールに近づいてきているぞ。その金髪にいろいろな色が混じって、左目に眼帯をつければまるでヴィクトールそのものだ」

身長が伸びきった今、ヴィヴィは二十歳を過ぎたくらいに見える。

ヴィヴィは混じり気のない金髪だが、ヴィクトールは調合したいろいろな薬を自分の身体で試したせいか——わずかに持っていた魔力の影響があったせいなのか、多くの魔法使い同様に、晩年はいろいろな色が入り交じっていたという。

「リュカは気づいているのに、気づいていないふりをしていると思わないか？　自分が造ったのは師匠のヴィクトールかもしれないって」

「お前さんは気づいてほしいのかい？」

「どうなんだろうな」

今の二人の関係は楽しくないこともないが、ヴィヴィはリュカにリードされたくはない。恋愛関係なら対等がいいと思うからだ。

いや、自分のほうがリードしたいくらいだ。

リュカがヴィヴィの成長を無視するなら、無視できないくらいに年上っぽい外見になってしまおうかと思う――いっそのこと、ヴィクトールかもしれないと疑惑が深まるくらいまで。

「さて、魔力を浴びるとするか」

古井戸の底から悪夢が吐き出される夜には、個人の意思を離れた魔力が空気中を漂う。その場にいるだけでも影響は受けるが、積極的に身に浴びれば尚更《なおさら》だ。

ヴィヴィは箒に乗って、満月に向かって次々と上っていく雲のようなものを追いかけ、寄り添ったり、突っ込んだり…と戯れた。

（もう二歳か三歳年をとった外見が欲しい。青年と呼ばれるくらいになりたいな）

上手くイメージ出来れば、魔法が発動する――それだけの魔力が自身と周りにあるならば。

しばらくして、ヴィヴィはオリヴィエの側へと降りた。

「どんな感じになった？」

「少年っぽさはもうないな。しかし、大丈夫なのか？　急激に成長すると、骨や臓器に負担がかかってくるんだろう？」

「だから、これさ。万能薬だ」

ヴィヴィは持ち出してきた『賢者の石』をポケットから取り出した。

元は直径が掌ほどの長さの楕円形《だえんけい》の塊だったらしいが、四方八方削られて、今は親指の頭ほどの大きさになってしまっている。

小さくなっても、握ると温かいのは変わらない。

「わしがやろう」

オリヴィエは平たい石の上に紙を敷き、琥珀色《こはくいろ》の塊をハンマーでカツカツと欠いた。必要なのはひとつまみほどの金色の粉である。

二つ折りにした小さな紙に載せ、ヴィヴィが顔を仰向けた——と、そのとき、

「ダメだよ、ヴィヴィ！」

寝ていたはずのリュカが裏口から飛び出してきて、ヴィヴィの手から粉を載せた紙を払い落とした。

金色の粉が月光の下できらきらと散っていく……。

「飲んじゃダメ、身体がおかしくなるよ⁉」

青紫色の瞳が燃えている——リュカがこれほどまでに怒った顔を見せるのは初めてだった。

「なんか変だと思ってたんだよ、ヴィヴィは急に大きくなりすぎだよ。その金色のを飲んでるからだよね？　人体錬成された者は飲まなきゃならないんだけど、必要以上に摂っちゃダメだ

と思う」

　言うなり、オリヴィエの前にあった塊を取り上げた。

　ヴィヴィに代わってオリヴィエが言った。

「ヴィヴィには…その、いろいろあるんだ。大きくなれば、手足がちゃんとするとでも思っていたんじゃないか」

「そ、それは……――」

　リュカは絶句し、ヴィヴィのほうを切なそうに見た。

「僕が未熟…違うね、僕が命あるものを造ることを軽く見て、軽く見ていたからこその失敗をしたんだ。ごめんなさい、ヴィヴィ。ヴィヴィの身体のことは責任を感じているよ。ずっとヴィヴィを守っていかなきゃならないって思っているから……――だから、こんなわけわかんない薬、これ以上は飲まないで」

　話しているうち、リュカは熱を帯びてきた。

「手足はどうにもならないでしょ。分かったよね？　ただ年を取るだけなんだ。きっと寿命が短くなっちゃう。僕と一緒に生きられなくなっちゃうんだよ？　そんなのはイヤだ。僕がイヤだ、一人ぼっちなんてイヤすぎるっ」

　リュカは『賢者の石』について誤解していた。

「あのな、リュカ…――」

オリヴィエが口を挟みかけたが、それを遮って続けた。

「僕はもう一人でいたくないよ……ヴィヴィが年を取って、僕の側からいなくなるなんて考えただけでも震えてくる。ダメだよ、ヴィヴィ。もう、こんな変な薬があるからいけないいんだ！」

リュカは叫ぶと、激情に駆られるまま、手に握っていた琥珀色の塊を地面に投げつけた。

「あ！」

何千回も穿《うが》ったのでヒビが入っていたのだろう、塊はいくつかに割れ、そのうちの一番大きなものは古井戸の中へ入ってしまった。

「わ、わわわ!!」

自分がやったことに狼狽《うろた》え、驚き、慌てて拾えるだけの塊を集めるリュカ。

掌に載った塊は全部合わせてもかなり小さかった。

「ど…どうしよう、補給の仕方がわからないものなのに」

ぎゅっと掌を握り、リュカはへなへなとしゃがみ込んだ。

「やっちまったな、リュカよ。お前さんは近頃だいぶ変わったと思ったが、やっぱりうっかり者で愚かしいバカ弟子のまんまだな」

と、オリヴィエ。

「そいつがどうしても必要なやつは、お前さんはともかくとして、今は二人になった守護者とヴィヴィくらいか。もうしばらくは保つだろうよ。その間に代替品を研究すればいいんじゃないか？」

「……僕、この中に入って拾ってくる」

「そいつはさせられない」

魔法使いの寝所の番人として、オリヴィエは阻止した。

「お前さん、この中になにがいるのか分かってるのか？」

「か…怪物とか？」

「そうだ、怪物だ。やつを目覚めさせたらことだぞ、今度こそ世界が壊れる。うっかりあれを口に入れでもしたら、元気百倍かもしれんしな」

「ど…どうしよう」

騙《だま》されやすいリュカは頭を抱えた。

そんなリュカの背中をヴィヴィは撫でた。

「ヴィヴィ？」

目と目が合ったが、相変わらずリュカとヴィヴィは思いが噛み合わない。

「ヴィヴィは心配しなくてもいいよ。きっと僕がなんとかするから……大丈夫、ヴィヴィは箒に乗って遊んでいればいいよ」

「本当にバカなんだな、お前さんは」

オリヴィエはフンと鼻を鳴らし、ヴィヴィの思いを代弁した。

「ヴィヴィがなぜ急いで成長しようとしていたか、まるで分かっていない。ヴィヴィはお前さんに庇われたくはないんだよ。対等でいたいんだ。それが分かってもらえないから、分かりやすくお前さんよりも大人になってやろうとしたんじゃないのか」

「え、そうなの？」

リュカは目を真ん丸にして、ヴィヴィを見た。

ヴィヴィは頷《うなず》いた。

「……ごめん、ヴィヴィ。僕は本当にバカだね」

オリヴィエが見ているにもかかわらず、リュカはヴィヴィに口づけた。

「でも、守りたいんだよ。ヴィヴィを幸せにしたいんだ。ああ、ヴィヴィも……ヴィヴィもそうなの？　僕を幸せにしたいんだね？」

うん、うんとヴィヴィは頷いた。

「なんか…ヴィヴィ、また大人になっちゃったね。お師匠さまにそっくりな気がするのは、僕の願望なのかな。年齢的にはおじいさんで、眼帯が怖い感じを醸し出していたけど、少しも怖くなかったし、目の形やまっすぐな鼻筋、いろいろ整ったきれいな人だったんだよ。僕のせいで死んじゃったんだけど」

違う、とヴィヴィは言いたかった。

話はオリヴィエから聞いただけだが、ヴィクトールはリュカを守ることを選んだのだろうし、それに満足して死んでいったと今のヴィヴィは確信している。だから、リュカには自分のせいだったとは思わないでほしかった。

リュカは続けた。

「でもね、今は分かるんだ。お師匠さまが咄嗟《とっさ》に僕を守った気持ちが……だって、ヴィヴィがそんな窮地に陥ったら、僕だって守りに入るもの。もしかしたら、またヴィヴィを造れるかもしれないけど、その新しいヴィヴィはやっぱりヴィヴィではないものね」

ヴィヴィは胸をぎゅっと鷲摑《わしづか》みにされたような痛みを感じた。

思わず、言葉を発していた。

「……リュカ、ベッドに行こう」

「え？」

リュカはヴィヴィを見つめてから、イヤイヤと首を横に振り、オリヴィエの他には誰もいない裏庭を見渡した。

そして、またヴィヴィに視線を戻した。

「今しゃべった？」

ヴィヴィは頷いたものかと躊躇《ためら》う。

「これだよ」

オリヴィエが言って、もう花しか入っていないフラワー・ビネガーの小瓶を振った。

「これを飲ませると、ヴィヴィは少し話せるようになるんだ。花のエネルギーを込めた酢が、ゴムの喉を調整するんだろうな」

「ああ、そっか…なるほどね」

どうして気づかなかったんだろうと自省するリュカに、オリヴィエは辛辣《しんらつ》に言う。

「うっかり者だからだろ」

「ヴィヴィ、もう一回しゃべってよ。声がお師匠さまにそっくりで、背中がぞくぞくしちゃったよ」

ヴィヴィはリクエストに応えた。

「寝室に戻ろう」

「うん、そういう声だった。低くて、柔らかくて……絵本を読んでもらううちに、僕は眠ってしまうんだよ」

くす、とヴィヴィは笑った——自分は寝かせるつもりはない。のんびり童話なんかを読み聞かせない。

ヴィクトールが失った紫色の瞳を故意に閃《ひらめ》かせ、もう一度言った。

「ベッドに戻ろう」

狙《ねら》い通り、それは抗《あらが》いがたい誘惑として伝わった。

「そ…そうだね」

目尻をほんのりと染め、リュカが俯《うつむ》く。

ふわふわした赤茶色の髪が恥じらうリュカを隠しているが、ヴィヴィはその髪を後ろに撫で上げ、柔らかい頬にキスをするのを想像してしまった。

「まだ朝には遠いよ」

ヴィヴィの不埒《ふらち》な想像をリュカは察していた。

「う、うん」

頷いた耳たぶは赤い。

ヴィヴィは箒に跨ると、掠《さら》い込むようにして自分の前にリュカを乗せた。

「じゃあな、オリヴィエ」

「…っと」

オリヴィエは二人について行こうとした黒猫の首輪を摑んだ。

「今夜は二人の邪魔はすまいよ」


身長がすでに伸びきった二十歳から二十三歳の間、男が身に帯びるものは色気といくらかの落ち着きかもしれない。

夜明け前にベッドに戻ったとき、ヴィヴィはもう数時間前のヴィヴィではなかった。自分でもそれを感じたし、リュカはもっと感じたはずだ。

左の紫の瞳でリュカを一舐めすれば、それだけでリュカをその気にさせることが出来た。リュカはヴィヴィの誘いには抗わない――抗えなくなる魔法なのだ、これは。

唇が痺れるまでキスをして、寝間着を脱がせ合った。

リュカは自分から揉《も》むように身体を押しつけてくる。足の付け根はすでに勃《た》ち上がり、もう恥じらったり、焦らしたりする気持ち的な余裕は失っているようだった。

「オレがなにをしたいか知ってるの?」

「オ・レ?」

声は似ていても、師匠が使わなかった一人称である。

「オレはヴィクトールじゃないよ」

「うん、ヴィヴィだね」

「がっかりかい？」

ヴィヴィが問うのに、リュカは目を丸くして問いで返してきた。

「え、どうして？」

ふっとヴィヴィは自嘲《じちょう》する――ヴィクトールを気にしているのは自分だけなのか、と。

「オレがしたいこと、分かってる？」

「分かってると思う」

「大胆だな。自分から抱き付いて」

「ダメ？」

「ダメじゃないよ、嬉《うれ》しいよ」

ヴィヴィはうっそりと笑い、再び尋ねた。

「本当にいいの？」

「いいよ、ヴィヴィがしたいことならきっとなんだって」

「いろいろするけど」

「いろいろ？」

「リュカには無理かな」

挑発的に言うと、リュカは少しムッとして否定した。

「無理じゃないよ」

それならば…とヴィヴィはリュカの脚を開き、その間に座った。

右膝と左膝に口づけてから、リュカを見た。

いくらか緊張の面持ちで、リュカもまたヴィヴィを見ていた。

しかし、笑みは交わさなかった。

リュカの反り返ったそれを口に咥え、早速ヴィヴィは窄《すぼ》めた唇で出し入れを始めた。

しかし、その行為はすでに何度も経験したことで、それによって得られる快感もお互いに分かっていた。

もちろん、ヴィヴィはその先を望んでいた。

前を口で存分に味わいながら、後ろに指をそろそろと伸ばしていく。

「……あ」

驚いたのか、リュカは呼吸を止めかけたが、イヤだと口にはせずに平静を装った。

(許可しちゃったからな、リュカは)

まんまと誘導したという意識がヴィヴィにはあり、誘導されてくれたリュカが愛《いと》おしい。

ヴィヴィは指を伸ばして、慎ましく閉じている場所を押してみた。押して、ゆるりと撫で、
また押して……刺激で盛り上がってきたところへ指先を差し入れた。

「……っ」

そこまで準備したのに、一旦《いったん》はずり上がってキスしにいった。

熟れた赤い唇を丁寧に舐め、リュカをうっとりさせる。ほんのりそまった目尻や瞼、頬にもキスだ。

また唇に戻る。

(大人の男のほうが良いだろ?)

言葉にして問いたかったが、止めた。

手をとって、指の一本一本をしゃぶった後にキス。

その間、リュカはヴィヴィをじっと見ていた——青紫色の潤んだ瞳で、しっとりと包み込んで。

気がつけば、もうさっきまでの怯《おび》えが消えている。

一人で三十年もの間を生きてきたリュカは存外逞《たくま》しい。怖いこと、つらいこと、悲しいことを子供の単純思考に落とし込んだり、強いて忘れたり……しかし、今はそうではない。ヴィヴィの全てを受け入れる覚悟を決めたらしい。

そんなリュカはひどく大人っぽく見えた。

（……リュシアンだな、まるで）

ヴィヴィが夢で見たリュシアンは、少し悲しげな雰囲気の家庭教師だった。自身の理不尽な過去を飲み込み、子供だったヴィクトールを親の代わりに愛した。

リュカとリュシアンはやはり同じもので出来ている――そう、ヴィヴィとヴィクトールのように。

首筋から胸元までキスの雨を降らせながら、掌で脇腹を撫で上げた。胸の突起を唇で挟み、強弱をつけて刺激してやる。

「…っ」

喉でリュカが呻くと、あばらの下の削《そ》いだような腹が波打った。

感じやすい身体がヴィヴィの欲望を煽《あお》ってくる。

「ヴィヴィ」

名を呼ばれれば、さらに……。

縦長のへそまで勃ち上がっていたものにキスしてから、ヴィヴィはリュカを折り曲げた。腰が浮くほど折り曲げて、さっき指で暴いた場所を露《あら》わにする。

こんな繊細なところに指を入れるのはいっそ暴挙に思われた。

躊躇いなく、ヴィヴィはそこに口をつけた。

「そ…そんなっ」

リュカが抗議するかのようにヴィヴィの髪を摑んだが、ヴィヴィは止めるつもりはなかった。口づけて、舌でぐるりと辿る——何度も何度も。そして、濡れて緩んだところに舌先を入れてさらに解《ほぐ》していく。

「……恥ずかしいよ」

小さな声でリュカが訴えてくる。

だが、もう少し。

ヴィヴィは慎重を期した。

リュカの腰を据え直したとき、ヴィヴィ自身は臨戦状態ではなかった。慌ただしく上下運動を加え、これ以上ないほど堅くする。

やっとリュカと繫がれるかと思うと身震いが起こった。

「いくよ、リュカ」

リュカが頷く。

ぐいっと腰を進めながら、ヴィヴィはなにか言おうとした——愛している、ずっと一緒にいよう、リュカだけだ…など。

しかし、ビネガーの効果が切れてしまい、もうどんな甘い言葉も発することが出来なかった。

(いいさ、言葉なんていらない)

じわじわとリュカの中に入っていく。

狭い器官を押し広げるのは、初めは苦しくないこともないが、そこを抜けるともう全身の毛穴が立つくらいの異様な快楽に包まれる。

我を忘れそうになりながら、ヴィヴィはリュカの呼吸に耳を澄ます。動いていいのか、まだ動かないほうがいいのか。

「ヴィヴィが、僕の中にいる…ね」

リュカが喘ぎ喘ぎ言い、ふわっと笑った。

「なんか…なんかね、僕はずっと昔からヴィヴィとこうなりたかったって気がするよ。だから、僕はヴィヴィを造らずにいられなかったんだね」

こちらが欲しい言葉をくれる。

愛おしさでヴィヴィはどうにかなってしまいそうになった。

言葉の代わりに動き始めた——最初は小刻みに、馴《な》れたところで長さをいっぱいに使った大きな動きに。

ベッドがぎしぎしと揺れる。

リュカの嬌声《きょうせい》は音楽のようにヴィヴィの鼓膜を震わせた。

「ああ、ヴィヴィ。すごいよ、すごく感じる」

もっと名前を呼んでほしい。

「ヴィヴィ…ねえ、ヴィヴィが近いよ」

汗まみれの身体にしがみつく――リュカしかいらない、リュカしか。

（オレを造ってくれたことに感謝するよ。魔法使いでも錬金術師でもない一人の男として、今オレは最高に満ち足りているから）

人はみな誰かを愛するために生まれ、誰かに愛されることを求める。

タイミングが悪くて、報われないこともある。与えた愛に愛で返されないこともある。それでも、それが生きるということだ。

ヴィヴィの中で、ヴィクトールが言った。

（『わたしは愛したかったんだ。誰でもいいわけではなくて、赤茶色の巻き毛の人を……わたしをただの子供としてみてくれた。子供のわたしが大人になったとき、彼とならば普通の恋愛が出来たかもしれない。肉体的にも精神的にも愛でいっぱいになってみたかったんだ』）

＊

翌朝、ヴィヴィはひどく具合が悪かった。

成長の後遺症である。

ちくちくと腹が痛み、頭痛がする。頭痛のせいで吐き気もあった。内臓は冷えているのに、体温は高い。手足がずっと小さく震えているのを制御出来ない。

これらの症状を抑えるには『賢者の石』が有効なのだが、急成長に使っているものと信じているリュカがどこかに隠してしまった。

オリヴィエが探しても見つけることが出来なかった。

たぶん時間が経《た》てば収まるはず……二日か三日、またはそれ以上。どれくらいの期間か分からないにせよ、やがて落ち着くことは想定出来ていた。

辛抱するしかない。

頭が朦朧《もうろう》としているので、眠っているのが一番楽だ。

熱もあったので、リュカはヴィヴィの症状を単純に風邪だと見なした。解熱剤と整腸剤を飲ませ、治るまで休んでいるようにと言ってきた。

ときどき様子を見に来るもルーティンは変えず、いつものように午前中に薬品を作り、午後にはそれを届けに出かけた。

「行ってくるね。大丈夫だよ、荷物は背負って運ぶから。ヴィヴィは心配しないで、ゆっくりしてて」

その日リュカはまだ明るい時間に戻り、ヴィヴィのためにオートミールでミルクの粥《かゆ》を作ってくれた。

ヴィヴィは起き上がっているのもつらくて、あまり食べることが出来なかった。

「いいよ、残しても。でも、この薬だけは飲んでね」

見覚えのある粉薬だった。

しかし、飲んだ直後からひどく眠くなった。昼間もさんざん寝たというのに、この抗えないほどの眠気はおかしい。

（……まさか、睡眠薬を？）

なぜと疑問が浮かんだが、理由を探すだけの思考力はもうない。

「おやすみ、ヴィヴィ」

笑った形の口で言い、リュカが額にキスしてくれた——それはヴィヴィに安心感をもたらし、重たい瞼を引き上げるのを断念するのに充分だった。

ヴィヴィが目を覚ましたのは数日後だった。

秋晴れの空から降り注ぐ陽光がカーテンの隙間《すきま》から入り込み、暗いはずの寝室に一筋の光を落としていた。

成長の後遺症は跡形もなく消え、ヴィヴィはすっきりした気分で目覚めた。

起き上がったときの布団の動きで、すぐ傍らで丸くなっていた黒猫のヴァランタンも目を覚ました。

『やっと起きたんだね、ヴィヴィ。永遠に目覚めないのかと思ったくらいだったよ』

（やっと？　オレはそんなに長く寝てたのか？）

ヴァランタンはヴィヴィが丸五日間ずっと眠っていたと言った。

（五日も？）

『うん』

眠る直前のことを思い出し、ヴィヴィはリュカに睡眠薬入りの風邪薬を与えられたのではないかと考えた。

（リュカは？）

『いないよ』

（ああ、森の外へ薬を置きに行ってるのか）

『違う、薬の配布じゃないよ。ヴィヴィが眠った夜、翼がある馬に乗った人が迎えに来て、リュカは一緒に出かけたんだ。オリヴィエは止めとけって言ったのに。それからずっと帰ってこない』

（どういうことだ？）

『僕にはよく分からない』

ヴァランタンに聞いても埒が明かないと踏むと、ヴィヴィは松葉杖を突きながらリヴィングに向かった。

夕方にならないと姿を見せないオリヴィエがテーブルについていた。テーブルの上には人の頭ほどの水晶玉が置いてあり、彼はそれを覗き込んでいた。

（オリヴィエ、なにを見ているんだい？）

オリヴィエがついと顔を上げた。

「なにも……わし程度の魔力では、魔法使いのようにはいかん」

白い髪に白い髭《ひげ》のコビトはもともと老人らしい風貌だが、その額には一層深い皺が刻まれていた。リュカを心配しているのだろうか。

（ヴァランタンにリュカが出かけたと聞いたけど、オレが寝ている間になにかあった？）

コビトは答えず、賢い灰色の瞳でじっとヴィヴィを見つめた。

ヴィヴィはしばらく待ったが、オリヴィエはまだ話し出さない——どこから話したものかと迷っているふうだ。

（会話をするなら、まずオレがフラワー・ビネガーを飲まないとな。オリヴィエは？　紅茶でも淹《い》れようか？）

そうしてくれとコビトが言ったので、ヴィヴィは台所用ストーブにヤカンを乗せた上で、一口二口いつものビネガーを飲んだ。

「身体の調子はどうだ？」

「うん、もう落ち着いたよ。たっぷり寝たせいかな」

「ブランデーを多めに入れてくれ」

リクエストに応え、紅茶にブランデーをどぼどぼと惜しげもなく入れた。

それを一口啜《すす》ってから、オリヴィエは切り出してきた。

「お前さんが寝ついた日、リュカは森の外でペガサスに乗った男に会ったんだ。カール・フォルクスという憲兵隊の隊長だ」

ヴィヴィはその名に覚えがあった。

（ああ、いつかの封蠟《ふうろう》をした手紙の差出人か）

女と子犬に化けた魔族の件があった後、魔族に『賢者の石』を渡してはならないという内容でヴィクトール・コルベール宛てに手紙を寄越《よこ》した人物である。

「フォルクスは国王からの親書を持ってきたんだ」

オリヴィエが顎《あご》をしゃくったマントルピースの上に、親書だという巻物のようなものが置いてあった。

ヴィヴィはそれを取ってきて、テーブルの上で広げた。

書き出しはこうだ。


『当代一の錬金術師にして我が国の王子に生まれたヴィクトール・コルベール公爵に、朕《ちん》を悩ませるゆゆしき事態についてご相談したく一筆するものである』


国王ヴィルヘルム八世の悩みというのは、放蕩者《ほうとうもの》の世継ぎの王子が悪魔を呼び出してしまったことから始まった。

父王の逆鱗《げきりん》に触れて北の山脈で謹慎中だった王子は、退屈しのぎに禁書の記述に従って悪魔を呼び出したのだ。悪魔は廃嫡を検討されている王子に同情し、汚名返上には北の国を手に入れるがいいと進言。まずは王子に手足として使える魔族を与えた。

魔族は王城の宝物庫から『賢者の石』を持ち出し、それをゴブリンの額に塡《は》め込んで粗暴な巨人を造り上げた。しかし、この知性のない巨人は武力になるどころか、まったく命令を理解しない。『賢者の石』が他に手に入らず、一体しか造れなかったことは幸いだった。扱いに困った王子は悪魔に縋《すが》るが、気紛《きまぐ》れな悪魔は大笑いしてどこかへ行ってしまったとか……。

この粗暴な巨人の処分について、国王はヴィクトールに相談したがっていた。ぜひ王城まで出向き、手を貸してほしいというのだった。

ヴィヴィの目が止まったのは、次の記述である。

『巨人退治成功の暁には、王女ユージェニーと婚姻関係を結び、国の将来を担われることを強く希望している』

これから察することが出来るのは——魔法使いの血を引くがゆえに、長寿の王子ヴィクトールの存在は魔法使いの寝所の番人というだけではなく、王室存続の危機に備えてのスペアだったということだ。

守《も》り役がつけられていたわけである。

あまり面白い話ではない。

ヴィクトールは国王の子として正式に認められたことはなかったし、王子として乳母日傘《おんばひがさ》で育てられたわけではなかったのだから……！

「リュカはなぜ行ったんだ？　まさか、ヴィクトールのふりをして？」

「いや、ヴィクトールが死んだことはフォルクスに話していたよ。自分は弟子に過ぎないが、それでも構わないかと聞いたんだ。王室側は本当に困っているんだろうな、弟子でも構わないからとリュカを迎えに来た」

憤然とヴィヴィは言った。

「……リュカになにが出来るっていうんだ？」

「そうなんだよなあ」

「まさか、リュカは王女と結婚したいがゆえに？」

ヴィヴィとオリヴィエは顔を見合わせた。

ここのところリュカは錬金術師らしくなったが、少し前のうっかり者で夢見がちだったリュカを思うと、それを目的としてもなんらおかしくはなかった。

「……オレとのことは思春期の衝動的行為で、将来を考えると王女との結婚のほうがいいってことか？」

自虐的に言ってみるヴィヴィに対し、リュカを庇うわけでもなくオリヴィエは言う。

「そういう損得勘定をあのリュカがするかね？」

「しないな」

「わしは『賢者の石』だと思う。リュカはあれが小さくなってきたのを気にしていたから、巨人の額から取り出そうとしているんじゃないか」

「『賢者の石』…か」

王室が所有し、功績のあった者に与えられる褒美の品。

琥珀色の見るも美しい宝珠だが、実は不老不死の薬と評される万能薬だ——が、薬として有用なことはあまり知られていない。

情報としてはそれくらいだ。

ゴブリンの額に埋め込んで、ゴブリンを巨大化させられるなんて聞いたこともなければ、それを予想したこともない。

「そもそも『賢者の石』とはなんなんだ？」

ヴィヴィは五百年もの寿命を生きるオリヴィエに聞いた。

確かなことは知らないと前置きしてから、オリヴィエは答えた——おそらくフェニックスの卵だ、と。

「卵？」

「そうは見えないから、違うかもしれない。ただ『賢者の石』を粗末に扱うと、フェニックスが激怒するとは言われているな」

「ふうん」

リュカの目的はおよそ分かったが、リュカがそれを手に入れるために危険を冒すのではないかという心配はいや増した。

「……危なっかしいな」

ヴィヴィの呟きにオリヴィエは頷く。

「リュカはなにか武器を持って行ったか？」

「手榴弾と花火…だったか」

「それで戦おうって？」

「まあ、リュカだけで戦うわけではないだろう。王室にも錬金術師はいるはずだ。水晶玉、覗いてみるがいい」

オリヴィエが水晶玉を押しやってきた。

呪文《じゅもん》を知らないヴィヴィは、イメージすることでしか魔力を操ることが出来ない。この場に残っているリュカの気配を繋いで水晶玉に映し出す。

リュカ、そして軍服の青年——おそらく彼がカール・フォルクスだ。

フォルクス家の格式張った封蠍のせいで厳《いかめ》しい壮年の男が想像されていたが、実際のフォルクス隊長は二十代半ばの快活そうな男だった。

二人はまさにこのダイニングテーブルに向かい合い、深刻な表情でなにか会話をした後、連れ立って屋敷から出て行った。

フォルクスのペガサスに前後して座り、リュカは初めて王城に上がった。

立派な髭を蓄えた王冠の人物が国王なら、杖に縋ってやっと立っているような老人は宰相か。深緑のマントは錬金術師の証である。

リュカに国王、老いた錬金術師、フォルクスを含む軍服の男たちで会議が持たれた。

その部屋に駆け込んできた若い娘——彼女が十七歳になるユージェニー王女だろう。リュカの笑顔が意味しているのは親しみなのか。

そこで場面が変わった。

山に寄り掛かって座り、巨大化した醜いゴブリンが野生の鹿をばりばりと食べている。その額に填っている琥珀色の飾りは『賢者の石』だ。

背後から忍び寄るのは騎兵たち、中空からはフォルクス率いるペガサス部隊が迫る。怪物の腕めがけ、どこからか矢が飛んできた。

刺さった矢を自分で引き抜き、目を怒りに燃やしてゴブリンは立ち上がる。大きな口からはぎざぎざの歯が覗いている。

巨体の割には素早い動きで騎兵を手で摑むと、口をがばっと開けた。見られているのを意識した上で、警告の意味を込めてバリバリと喰らう憎々しさ。

フォルクスたちは一斉攻撃をかけた。

さすがにゴブリンはその場から逃げ出そうとしたが、そこを踏んだ途端に爆発が起こった。また別の方向へ。阻止したのはゴブリンよりも巨大な怪物だった。

（いや、あれは張りぼてだ。中に入っているのはヘリウムガスか）

ゆらゆら動く自分よりも大きな怪物を避け、ゴブリンは再び方向を変えた。計画通りの袋小路への誘導だった。

上から巨石が落とされた。

ゴブリンは下敷きになった。上手くいったと思いきや、土埃《つちぼこり》の中、数秒でのっそりと起き上がってきた。

鈍い動作に反し、目が怒りで血走っていた。

（リュカはどこだ？）

ヴィヴィは目を凝らしてその姿を探した。

思いがけず、リュカはゴブリンの足元にいた。

まだなにか仕掛けがあるのか、リュカともう二人がマントを翻してゴブリンを煽り立てている——驚いたことに、二人は守護者たちだった。奇怪な姿だが、彼らは戦うのが専門だ。

加勢を頼んだのはリュカなのか、フォルクスなのか。

三人のうち、ゴブリンが目をつけたのはリュカだった。

「もう見ちゃいられない！」

ヴィヴィは箒を手にした。

待て、とオリヴィエ。

「今この世に魔法使いはいてはならないんだ。お前さんが出て行くと、ややこしいことになってしまうぞ」

「だけど‼」

そのとき、水晶玉から眩《まぶ》しい光が溢《あふ》れた。

「な…なにが起きた？」

再び水晶玉がクリアになったとき、巨体のゴブリンは俯《うつぶ》せに倒れていた。張り巡らされていた銀線を見て、ヴィヴィは大きく頷いた——あれはたぶん電気だ。

リュカが試行錯誤していたのを知っている。

「成功したんだな、実験は」

ゴブリンは感電していた。

7　そしてリュカ

地響きを立ててゴブリンが倒れたとき、リュカは勝利を確信した。俯せなのが厄介だが、額の『賢者の石』をどうにかして抉り出せば終わりである。

心臓は止まっているようだった。

「首を切ろう」

爬虫類《はちゅうるい》の特徴が濃い守護者が言ってきた。

頷いて、リュカは国王から借りてきた剣をゴブリンの太い首に突き立てた——が、肉が硬すぎて入っていかない。

守護者たち二人もそれに続いた。

三方向からガツガツと突き立てて、やっと血が流れるまでになった。フォルクスたちも手を貸そうと近寄ってくる——と、そのときだった。

ブルルルッ。

ゴブリンの身体が小刻みに震えた。

あっと思ってリュカは飛び退《とすさ》ったが、振り向いたときには守護者二人が掌で虫けらのように潰《つぶ》されていた。

ゴブリンは息を吹き返した。

フォルクスたちが手榴弾で攻撃を始めた。その間にリュカは岩の裏に隠れようと走ったが、ゴブリンはリュカを見逃さなかった。

手榴弾の小爆発をものともせずに追ってくる。

「うおぉぉ」

雄叫《おたけ》びに身の毛がよだった。

リュカのマントが太い指に捕まった。ゴブリンは喜色を面に現し、ぐるぐるとリュカを振り回し始める。

振り回すのに飽きると、無造作に岩壁に向かって放り投げた。

リュカは死を覚悟して目を瞑った。

しかし、叩きつけられるところを横から来たなにかに捉えられ——浮力と風を感じたのは束の間のこと、そっと地面に下ろされた。

目を開けた。

「ヴィヴィ、どうして⁉」

リュカを救ったのはヴィヴィだった。

箒に乗ったヴィヴィは捕まえようと伸びてくる腕をすんでの所で躱《かわ》しつつ、ゴブリンの顔面にまで果敢に迫った。

血走った目に錆《さ》びた剣を突き入れる。

リュカはその剣に見覚えがあった……ああ、師匠であるヴィルトールが、錬金術によって作り出した剛剣だ。

「ぐ…おぉっ」

切れないものはないという一振りは、墓標代わりに彼の墓に刺してあったものである。

ゴブリンが暴れたので、やむなくヴィヴィは剣を引き抜くことなくそこを離れた。

「ま、魔法使いか⁉」

憲兵たちはどよめいた。

「彼らは眠りに就いたんじゃなかったか?」

「でも、戦ってくれているぞ。味方だ」

あれこれ言い合っている暇はない。目を押さえて片膝をつくゴブリンに、フォルクスたちはすかさず手榴弾を投げつける。

「隊長に倣え‼」

痛みと四方八方からの攻撃にゴブリンがいよいよ殺気立ってきた。

目から剣を引き抜くと、それを突き刺す先を決めた——自分をさんざん痛めつけた者を狙うのは必然だ。

「リュカ、お逃げっ」

誰かに名を呼ばれて逃げるように促されたが、リュカはその場に縫い止められたかのように動けなかった。

リュカの首に向けて放られた剣を阻止するため、飛び出したのはヴィヴィだった。

咄嗟に犠牲にしたのは不自由だった左腕だ。

肩のすぐ下で切り落とされ、地面に落ちてびちびちと弾む。骨ではなく、ゴムが入っているせいである。

それでも、ヴィヴィはリュカを背に守って立っていた。

一瞬、リュカを振り返った。

(『だ…大丈夫だ。お前は安全なところまで下がっていなさい』)

その心の声は師匠の声だった——耳に覚えがある。

いや、違うのか。

やはりこれはヴィヴィだ。

「ヴィヴィ！」

リュカはその背に向けて叫んだ。

「ま…まさか、死ぬ気なのっ!?」

（『たとえ死んでも、お前がそうしたければまた会えるよ』）

切り口から夥《おびただ》しい血を流しながらも、右掌に生じさせた炎の玉を押しつけるためにヴィヴィはゴブリンの胸元へと突っ込んでいった。

ヴィヴィを引き剝がそうと、ゴブリンが胸を掻き毟《むし》る。

炎がゴブリンの心臓に達するのが早いか、ヴィヴィがゴブリンに引き裂かれ、あるいは潰されてしまうか。

「ああ、ヴィヴィ……！」

為《な》す術《すべ》を持たないリュカにとっては永遠とも思われる時間の果てに、ヴィヴィの首があらぬ方向へ曲がるのを見た。

唇から血を吐き出したヴィヴィの美しい顔にはもう血の気がない。

長い金髪がまだらに血に染まっていき、片方の目が隠れた。ここでリュカははっきりとヴィヴィが師匠のヴィクトールであったことを悟った。

（こんなこと、こんなことって……――）

孤独な生活の彩りのつもりで、リュカはヴィヴィを造った。もしヴィヴィが師匠であったとするならば、師匠はリュカを守るためにヴィヴィとして現れたのかもしれない。

ヴィヴィとの日々が、リュカの頭の中で走馬灯のように駆け巡った。

思えば、楽しいことしかなかった――まだ幼かったヴィヴィが食事をする様子を見るのも、リュカのお下がりの衣服を着せることも。

ヴィヴィはあまり笑う子供ではなかったから、意識してハグとキスを存分に与えた。

初めて松葉杖を使って歩けた日は自分のことのように嬉しかった。

一緒のベッドに横になり、毎晩のように絵本を読み聞かせた。ラストシーンに行き着くことなく、いつもヴィヴィは眠ってしまった……可愛かった。

しかし、可愛かった期間は実はかなり短かったのだ。

女に化けた魔物に襲われたときには守られた。守られて、初めてヴィヴィが急成長していたことに気づいた。

（……僕ってホントうっかり者だ）

あのときに、ヴィヴィがヴィクトールだと気づいても不思議はなかった。

ロバのヨーゼフが死んでからは、薬の交換所に必ずヴィヴィが同行するようになって……そして、別の意味のキスとハグをする関係に。

　ヴィヴィの手で初めて性的な快感を知った。

　紫の瞳で誘われると、嬉しさのあまりリュカは自分から抱きついていかずにはいられなかった。

　ヴィヴィはリュカのパートナーだった。

　ずっと一緒にいられそうなのが嬉しかったのに、ヴィヴィは生き急ぐかのように金の粉を口にしていた――リュカは憤り、そして生存に必要不可欠なものでもあった琥珀色の塊を破壊してしまった。

　自分の愚かさに髪を掻き毟りたくなる。

（守りたかったのに……僕が、ヴィヴィを。お師匠さまが僕にしてくれたことを、そっくりそのままヴィヴィにしてあげるつもりだった。それなのに、どうして…どうしてこんなにも僕は無力で……――）

　自分は大切な人を二回も失うのか。

　目の前で。

　幼くて無力で、守られるばかりだった自分が甦《よみがえ》ってきて、リュカはがたがたと震えながら絶叫する。

「お…お師匠さまぁ‼」

それしか出来なかった――三十年経っても、なにも変わらず。

（守られる価値なんか、僕にはないのに……）

ゴブリンが断末魔の叫びを上げる。身の毛もよだつ死にもの狂いの叫びに、リュカは逃げ道を探して後ずさった。

死は手招きしていたが、守られたリュカは死ぬわけにはいかなかった。

果たして、ゴブリンは最後の一暴れを許されなかった。

太陽を遮って飛んできた大きな翼が地面に巨大な影を落とす。

「み、見ろよ。フェニックスだ」

上空を指差し、憲兵たちが口々に言った。

「神の使いとして助けに来てくれたのか」

「言い伝え通りだな。フェニックスは『賢者の石』を悪用した者を成敗するんだ」

フェニックスは瀕死《ひんし》のゴブリンの肩に飛来した。

めらめらと炎を帯びた身体のせいで、辺りは真夏のように暑くなった。

その止まり木としてゴブリンは小さすぎたが、フェニックスは強い爪を肉に食い込ませることで強引に安定させた。

キャアアア――ンッ！

耳をつんざくような一声を出した後、おもむろに首を下方に曲げ、鋭い嘴《くちばし》でゴブリンの額に嵌《はま》っていた『賢者の石』に一撃を加えた。

琥珀色の塊は破壊され、そのうちの一際大きな一欠片《かけら》はリュカのところまで飛んできた。

ほとんど反射的に、リュカは地面に落ちたそれに手を伸ばして拾った。

握り締めた琥珀色の塊は温かかった。

じわっとリュカの皮膚に入り込み、血の巡りに交わり、悲嘆の果てに茫然《ぼうぜん》となっていたリュカに感情を取り戻させた。

強いショックが解け、涙が湧いてくる。

リュカは溢れ出る涙をそのままに、摑んだ塊にひたすら命を感じていた――鼓動が聞こえてきてもおかしくはなかった。

思い出されてきたヴィヴィの最後の言葉。

（――また…会える、って？　僕がそうしたいなら？）

ヴィヴィは死んでしまったが、錬金術で造り出すことは出来るだろう。全く同じヴィヴィではないかもしれない。それでも、リュカは彼を愛せるはずだ。

脳天気だろうか。

悲しみに突き落とされているのに、ゆるゆると浸っていられないのは、リュカが錬成術によって造られた存在だからか。

人間ではないからか。

しかし、真に人間でなくても成長はするし、学べるし、愛することも出来る。

錬金術師としてのリュカは、ヴィヴィと永遠のさよならをするつもりはない。リュカはきっとヴィヴィを造るだろうし、必ず再び会うつもりだ。

そうなる運命を信じている。

(……ゴム手袋に注意しなきゃね)

今度こそ、命ある者を造る責任を背負って。

フェニックスはすべきことをすると、また大空に羽ばたいて行った。熱い火の粉を撒《ま》き散らしながら……——。

神に属する猛禽《もうきん》は圧倒的な存在だった。

青空に白く輝いて飛んでいく。

それを見えなくなるまで見送りながら、その場にいた誰もが自分たち人間のことを小さくて無力な存在だと思っていた。

清冽《せいれつ》な空の青さに反して、地面は血の海だった——額の『賢者の石』を破壊されたゴブリンとその胸で死んでいる魔法使いの血はいまだ乾ききらない。

額から宝珠を抜き取られたゴブリンの死骸はみるみるうちに縮み、ついには美しい亡骸《なきがら》を受け止めるクッションと成り果てた。

ようやっとリュカはヴィヴィの遺体に近づくことが出来た。

ゴブリンの爪にかかってずたずたの身体は凄惨《せいさん》な様子だったが、とっくに血の気のない死に顔には微《かす》かな微笑《ほほえ》みが見られた。

しゃがみこみ、その口元に触れた。

「……同じだ」

師匠のヴィクトールの死に顔にあったのと同じ笑み——頭の隅に押しやっていた記憶が、今まざまざと思い出されてきた。

あのときとほぼ同じ光景だ。

ヴィヴィはリュカを守ることが出来て満足だったのかもしれない。師匠が弟子のリュカを守って死んだときと同じように。

リュカはヴィヴィに愛されていた。師匠に愛されていたように。

そして、リュカもまたヴィヴィを愛していた。

その思いは等しい……――いや、そうではない。リュカの思いよりもヴィヴィの思いのほうがきっと深かった。

ヴィヴィは躊躇いなくリュカのために命を捧《ささ》げてくれた。

それが分かるくらいに成長しているリュカは、もうヴィヴィの死を〝なかったこと〟には出来ない。

師匠を亡くしたとき、リュカはこの世に造り出されてまだ三年半ほどで、人としての心が出来ていなかった。

しかし、あれから三十年以上を経た。

死を受け止めるのはつらい。つらいと分かった。

ロバのヨーゼフのときですらつらかった。

悲しいし、つらいけれども、愛し愛された記憶がしっかりと胸にあるのを感じている。その上に、手には再び会える可能性を握っている。

だから、守られるばかりだったことを悔やみ、一人取り残されたことを恨み続けるわけにはいかない。

（僕は生きないと）

救われた命を大事にしなければならない。

リュカは頬を伝う涙を袖《そで》でぐいとばかりに拭《ぬぐ》った——拭っても拭っても、まだ涙は溢れ出てくるが……。

(でも、今はまだ泣いていたいんだ。どうか今日だけは許して……——!)

ペガサスから降りてきて、カール・フォルクス隊長がリュカの傍らに立った。

紳士らしく、真っ白なハンカチを手渡してくれる——頭文字が刺繍《ししゅう》してある上質な白絹のハンカチは戦場にそぐわなかったが、それが常にポケットに入っているのが名門の生まれである。

折り重なった遺体を前にして、彼は率直な感想を漏らした。

「——これは…まるで彫像です。最もシリアスなシーンをそのまま切り取って、具象化した芸術作品のように思われます」

血腥《ちなまぐさ》いのに美しい。

思わず、見とれてしまうほど……。

そして、フォルクスはリュカに尋ねた。

「この方は一体どなたなのです?」

「僕の…恋人です」

借りたハンカチで涙を拭いながら、リュカは言った——恋人という単語がしっくり嵌ることに、不思議な誇らしさを感じつつ。

「彼は僕を守ってくれました」

「……………」

隊長は無駄なことは言わず、ただ痛ましそうな顔でリュカに一礼した。

聞かれてはいないし、言わなくていいことだとは思うものの、リュカは彼にヴィヴィについて話さずにはいられなかった。

「僕が錬金術で造った子…だったんです。身体に不自由なところがあったせいか、魔法が少し使えた。そして、なぜかお師匠さまのヴィクトール・コルベールにそっくりだったんです」

「わたしはヴィクトールさまの肖像画を見たことがあります。そうですね、似ておいでだ……ああ、そっくりですね」

ややあって、フォルクスは尋ねてきた。

「また彼を造るんですか？」

一房の髪の毛を切り取り、小瓶に血を詰めたものを遺品としてリュカに渡してくれた。

「ええ、いつかきっと……僕がもっと腕を上げてから。命ある者を造るには、技術と覚悟が要るんですよ。また出会えたとき、次こそは必ず僕が彼を守らなければ…ね」

＊

リュカの出立は午後だった。

その日の午前中に職を解かれ、まだ二時間も経っていなかった。

荷造りといっても小さなトランク一つだけ。中に入っているのは、本が二冊と日記代わりの記録帳が数冊、お気に入りの万年筆、土産に求めた紅茶とブランデー、鳥の羽で作った猫のおもちゃ…といった細々としたものばかり。

この十年を王城で錬金術師として過ごしたが、リュカは世俗の欲にまみれることはついぞなかった。

外見的にも著しい変化はなかった——二十代後半の外見となってもいいところが二十代半ばにしか見えなかったし、くりくりの赤茶色の髪に囲まれた小さな顔はまだ甘い。潤んだ青紫色の丸い瞳が一番の特徴だ。

森まで送ってくれるというカール・フォルクスとの待ち合わせ場所は、彼の騎獣であるペガサスの馬屋だった。

ペガサスの背に鞍《くら》を乗せるフォルクスの側にユージェニー王女の姿を見つけ、リュカは恐縮してぺこぺこと頭を下げた。

「これはこれは王女さま……ご機嫌麗しゅう、お喜び申し上げます」

「お喜びなんかしませんわよ」

黒髪の美しい王女はつけつけと言った。

「あなたがいなくなったら、この子の家庭教師に誰を望んだらいいのでしょう。わたくしは途方に暮れています」

彼女の腕の中には、第三子として先月生まれてきたフォルクス家の嫡男が眠っていた。

「途方に暮れることなんかありませんよ。王室にいる錬金術師はみんな優秀ですから、ご子息を教育する者には困らないはずです。僕がオススメするとしたら、兄弟子のエーリヒですかね。彼は大人しい人間ですが、幅広い知識を持っています。それに、子供がとっても好きですよ」

「確かにエーリヒは悪くない人だと思いますよ。でも、わたくしはあなたがいいの。森に帰らないでくださいな、リユカ。あなたはずっと王城にいたらよろしいのよ」

赤ん坊を抱えながらも、王女がぎゅっと抱きついてきた。

(うわ、いい匂い)

リユカは王女のことが好きである。黒髪だが、絵本の中に出てくる姫と合致した心優しい美しい人だ。

しかし、彼女との結婚は望まなかった。

巨大化したゴブリン事件の後、国王は公言通りに、国難を解決してくれたリュカに王女との結婚を提案してきた。女王となるだろう王女の傍らにいてほしいと願ったが、それをリュカは固辞したのだ。

『偉大なる錬金術師にして王子であったヴィクトール・コルベールの第一の弟子よ、そなたはわが娘が気に入らぬと申すのか？』

国王に尋ねられ、リュカは答えた。

『お姫さまを気に入らないわけはありません。でも、僕には大切な人がいるんです。その人のために、もっともっと勉強しなければなりません』

『大切な人？　その人のため？』

国王はリュカの幼げな容姿に、彼が言った大切な人間を母親か兄弟だと誤解したようだったが、リュカは特に訂正はしなかった。

突き詰めて言わなかったにせよ、ヴィヴィは親でも子でもあり、兄弟でも友人でも恋人でもある。とにかく大切な存在だ。

『そうか、そなたは勉強がしたいのだな。さもありなん』

最大級の褒美を…と考えていた国王は、リュカと王女を結婚させる代わりに、自分の宰相である錬金術師の側で研鑽《けんさん》を積めるように取り計らった。

リュカはこれをありがたく受け入れた。

当代一の錬金術師に師事することを勿体《もったい》なく思い、しごく真面目に勉学を修めた。

薬学だけでなく、天文学に気象学、数学、物理学、化学など……ありとあらゆる学問を脳に詰め込んだ。

師とした錬金術師には弟子が大勢いたが、夜ごと本の虫となり、追いつき、追い抜くのは驚くほど早かった。

やがてリュカは老いた師匠の右腕となって、代わりに地方へ視察に出向くようになる。国民の生活を知り、それに纏《まつ》わる問題の解決に尽力した。

リュカのいまだ少年のような容姿は親しみやすく、またお人好しな性格ゆえに騙されるようなこともあるにはあったが、概ね王城の内外のみなに好かれた。

わけても、ゴブリンと共に戦ったカール・フォルクスとは、いつの間にか大親友となった。

フォルクスの悩みを聞いた。

廃嫡されかけ、王城の塔に閉じ込められてしまった世継ぎの王子を彼はとても気にかけていたのだ——幼い時分は、遊び相手を務めていたらしい。

定期的に王子を訪ね、二人で改心を促した。

勉学の相手もした。

世継ぎの王子が再び世継ぎの王子として遇されるようになった頃、ユージェニー王女は臣下であるフォルクスとの結婚を望むようになっていた。

国王を説得するのにリュカも尽力した。

女王として国を統《す》べないからには、王女は近隣諸国に嫁いで母国に国際的な安全をもたらすのが理想である。

自分を慕ってくれる王女のため、フォルクスは戦争の際には必ず軍の先頭に立って戦うと国王とその側近たちに約束した。これまでの軍籍での評価も相まって、王女の夫として彼は将軍職に就任することになった。

かくして、名門貴族出身のカール・フォルクスは、将軍としてユージェニー王女の夫となった。

親友の結婚式は素晴らしかった。

寄り添い合う男女は美しく、リュカをうっとりとさせてくれた。

（僕も幸せになりたいな）

とはいえ、幸せな夫になりたいわけではない。

森の外の人々の生活を知るにつれ、リュカは自分もその中で生きていくことは可能だろうと分かってきた。

それでも、求めるものはずっと変わらなかった。

蓄えた知識、重ねた研究の全ては、ひたすらただ一人の存在のためだった。彼に再び会うためにリュカは生きてきたのである。

森を出て十年、ついに機は熟した――そろそろ森の中の屋敷に戻って、正しい知識と方法で彼を造り出しても良い頃合いだ。

「さあ、準備は出来ました。行きましょうか、リュカ」

馬上からフォルクスが手を伸ばし、リュカを引っ張り上げた。

「あなたはリュカが行ってしまっても平気なのですか？」

美しい妻に睨《にら》み上げられ、先頃から伸ばしている口髭の下でフォルクスは苦笑した。

「平気なわけはありませんよ。リュカが側にいてくれれば、どんなに楽しいか……しかし、リュカにはリュカの生き方がありますでしょう。究極的には、友だちは生きてさえいてくれればいいのです。会いたくなれば、お互いに訪ね合えるんですから」

「そんな気楽にはいきませんわ」

夫の言葉を受け入れずに、王女は目に涙をいっぱい溜《た》めて首を横に振った。

「お元気でいてくださいね、リュカ。わたくしはひたすらあなたの幸せを祈るだけです」

「勿体のうございます。王女さまがお元気でいらっしゃいますよう、僕もお祈りします」

別れを惜しんでくれる王女に、リュカは森に戻るのが嬉しくて堪らないといった笑顔を見せるのは控えた。

　王城に住まう人たちには良くしてもらった。

　特に、王女の居間でのティータイム、語らい、ピアノの調べ、フォルクスの血を引く子供たちとの触れ合い……確かにいつも良い時間だったが、それでも、悲しいかな、リュカにとっては後ろ髪を引かれるほどのことではなかった。

「せめて明日まで出発を延ばすなら、お別れ会が出来ましたのに……お父さまもわたくしも抱えきれないほどのお土産をご用意したことでしょう」

「いいえ、僕はなんにもいらないです」

　すげなく断ったものの、リュカは王女に嬉しがらせを一つ口にした。

「その黒髪の赤ちゃんは、必ずや立派なフォルクス家の当主になりますよ」

　今のところ展望でしかないが、その可能性はきっと高い。

　フォルクスは勇敢な良い男だし、王女は賢くて美しい。その息子が家を潰すような人間にはたぶんならないだろう。

「まあ、本当に？」

　王女の嬉しそうな声はリュカの罪悪感を軽くした。

主人とその友人を背に乗せると、ペガサスは力強く翼をはためかせ、悠々と王都の上へと駆け上がった。

王都の街並みが途切れたところから、金色の穀類の穂が重たげに首を垂れた畑が続く——灌《かん》漑《がい》工事が進んだお陰で、日照りが多少続いても豊作は約束されたようなもの。

あっという間に、森の入り口の一つに到着してしまった。

「もうここで」

声をかけると、前に座っていたカール・フォルクスが手綱を引いた。

リュカは立ち止まったペガサスから滑り降り、生真面目な馬の顔を撫でて労《いたわ》った——ありがとうね、と。

嘶《いなな》く馬を自分も撫でながら、ここではフォルクスが恨みがましく言ってきた。

「どうしてもお屋敷まで送らせてはくれないのですね」

「そこまで甘えられないですよ。お伴も連れず、将軍直々にここまで送ってもらうことだって、異例なんですから」

「こんな森の中に戻るなんて狂気の沙汰《さた》だ。王城の生活に慣れたあなたは、きっと退屈することでしょうね」

当《あ》て擦《こす》りを口にしたものの、彼はすぐに残念そうな溜息を吐いた。

「いや、そんなことはないですよね。あなたには確固とした目的があるんですから」

「……」

「だけど、忘れないでください。天才錬金術師の助言と指導はいつだって求められているし、次の国王は必ずやあなたさまを宰相に望むでしょう。王城は永遠にあなたの帰還をお待ちしていますよ」

リュカは赤茶色の巻き毛の頭を左右に振り、ひょいと肩を竦めた。

「そんな、待たれても……政治や経済は僕には向きませんよ、知れば知るほど向かないなと思いました。国中の人々の笑顔が自分の背にのし掛かってくるなんて怖いです。この後、僕は一人の人間としての平凡な幸せを摑むだけです」

「もちろん、わたしはあなたには幸せになっていただきたいんですよ」

「王子のこと、くれぐれもよろしくお願いします」

「あなたが王子にしてくださったことは、このカール・フォルクス、生涯忘れません。あなたが首尾良く目的を果たされることを祈っています。いつかお二人で王城をお訪ねください」

親友はにっこり白い歯を見せて笑うと、ひらりと愛馬に跨った。

王城へ引き返すようにと合図する。

ペガサスは翼を広げ、たちまち中空まで駆け上がった。

「さようなら」

リュカは手を振って、馬上の美丈夫が見えなくなるまで見送った。

「さて、行くか」

十年ぶりの帰郷である。

小さなトランクを手に持ち、肩にかけたマントをひらつかせながら、ひんやりと薄暗い森の中を闊歩《かっぽ》する。

有象無象の視線を感じるが、それらすらも懐かしい。

『あいつ、久しぶりじゃないか。相変わらずの赤毛だな』

『臆病者のリュカだ』

『魔力の匂いをさせてるぞ。食いたいな』

『深緑のマントは錬金術師だろ、薬臭くて食えたもんじゃないぜ』

迷路のような道を避け、道なき道を進む——ふかふかした感触の、分厚い腐葉土を踏みしめて。

闇に潜む者たちのことは無視してのけるが、薬の材料となる植物や昆虫にはどうしても目が止まってしまう。

(お、抗生物質になるきのこがここに。覚えておかなきゃ)

一時間も歩き通し、ようやっと懐かしい屋敷に辿り着いた。

赤い瓦《かわら》屋根に重たい金属の扉、暖炉の煙突の煤け具合もそれほど変わっていない——屋敷コビトが健在だからだ。

ヴァランタンは元気だろうか。

「ただいま」

玄関扉を開けると、真ん前に黒猫が待っていた。

『久しぶりだね、リュカ。少し大人になった？』

そう言って、脚に身体を擦りつけてきた。

「ヴァランターン、元気そうで嬉しいよ」

リュカはしゃがみ込んで、猫の身体やら首の周りやらを撫でまくった。

『僕の言葉が分かるんだね』

「うん、分かるよ」

猫の言葉が分かるようになったのは、王城の書庫で魔法の本を読み齧《かじ》ったせいだった——市中に魔法の本は出回らないが、王城にはほとんどが保管されていた。

自由自在というわけにはいかないにせよ、リュカはある程度の魔法が使えるようになった。

ただし、魔法が使えることは秘密である。あくまでもリュカは国王に贈られた深緑のマントを愛用する錬金術師だ。

台所用ストーブにヤカンを乗せ、リュカは久しぶりに自分で茶を淹れた。

茶碗は二つ。うちの一つにどぼどぼと新しいブランデーを注いだとき、居間に屋敷コビトが入ってきた。

「よう、バカ弟子。少しはマシになったか？」

白い髪に白い髭のオリヴィエは、少しも変わっていなかった。相変わらず年寄りで、リュカに対して口が悪い。

しかし、リュカが土産に持ってきた王室御用達の紅茶は気に入ったようだ。惜しみなく入れたブランデーの量にも満足してくれた。

「城では酒の味も覚えてきたのか？」

「お酒なんてぜんぜん飲まなかったよ。飲まなかったけど、作り方は覚えた。蒸留するための装置を作って、国中に広めたんだ。アルコールは外貨を稼ぐのにうってつけの商品だからね」

「ふうん」

オリヴィエは鼻を鳴らさずに、ただリュカの言うことに耳を傾けた。

やがて、ぼそりと言った。

「変わるもんだな、バカ弟子も」

そんなオリヴィエに、リュカは宣言した——次の満月にいよいよヴィヴィを造るよ、と。

「万全を期するつもりだけど、どうだろうね……ヴィヴィになるか、ヴィクトールになるか。もしかしたら、ヴィッキーになるかもしれない。いずれにせよ、僕はヴィヴィと呼ぼうと思ってるよ」

「お前の好きにするさ」

と、オリヴィエ。

「創造主とやらに、若さを取られないようにすることだ。わしは手出しをせんよ、なにもな」

＊＊＊

古井戸から魔法使いたちの悪夢が吐き出される満月の夜、リュカは研究室の床に一番大きな錬金窯を据えた。

特別な窯だ――百数十年前、ヴィクトールが南東の町の陶匠に特に依頼して作らせたものである。

独特な形、金と赤と緑で描かれた模様が極めて美しいが、刻まれた古代文字からは錬金術の可能性を信じたヴィクトールの思いが伝わってくる。

全ての家具は壁側に移動し、床はチリ一つない状態に掃き清めてある。

全開にした窓からは月光が差し込み、桟のところで丸くなった黒猫の毛皮をつやつやと照らす。その下方には、屋敷コビトがクッションを尻に座っていた。

恐ろしげないびきや寝言が聞こえてくるが、無期限の眠りに就いた魔法使いたちが悪夢と一緒に吐き出す魔力を利用するつもりだ。彼らの運命には同情するも、今夜はいくらでもうなされててくれと思うのだった。

同居人たちが見守る中、リュカは始めた。

師匠の記録帳にあったレシピを元に、この十年の間に学んだことをフル活用して練り上げた独自のレシピを片手に持って。

「ええと、最初に入れるものは……」

水、炭素、アンモニア、石灰、イオウ、フッ素、鉄、ケイ素……など、まずは人体練成に必要不可欠な物質を窯に。

「もちろん、あれも必要だ」

美しい琥珀色の塊――『賢者の石』と呼ばれるそれがフェニックスの卵であることは、王城にいる間に師事した錬金術師に教えられた。

フェニックスは滞在国を自分で決めるが、他の国に向かって飛んで行くときに巣の中にこれを残すのだという。親鳥が温めない限りは雛《ひな》にならない命の塊である。

リュカはそれを細かく砕かずに、塊のままで窯に入れた。

そして、造ろうとしている人物の情報も——形見である髪の毛と小瓶に入れた血液だ。

窯に蓋を被《かぶ》せたら、創造主を呼び出すための図形を床に描いていく。

窯を中心に六芒星《ろくぼうせい》を繋いで古代文字をチョークで描き込み、印を打った六カ所には燭台を据えた。

マッチは使わない。指先に生じさせた火で次々とロウソクを点《とも》し、図形内を歩き回りながらいよいよ詠唱を始める。

錬金術師が唱えるのは、揃《そろ》えた材料をどんなふうに組み合わせ、形にしたいかの設計図を言葉に落とし込んだもの。創造主に語りかけるためのこの古い言語は、神官と特別に学んだ錬金術師しか知らない。

リュカの詠唱は長々と続いた。

たとえをいくつも連ね、人間の身体というものを言葉で描く。手足は的確に動かねばならないし、微笑みを浮かべられる繊細な筋肉も必要だ。

造形については個人情報の通りに願いたいが、その質感を伝えるのは困難を極めた。

そして、思考力や趣味嗜好《しこう》、記憶、性格なども……リュカの思い描く人物の中身を古い言葉で表現していく。

どんなことも抜かすわけにはいかない。

命ある者を造るという責任を背負い、リュカはこれ以上ないほど慎重に言葉を連ねた。真剣そのものだったが、聞いている者にとってはまるで歌だ。

詠唱の後半になって、空間や時間は歪《ゆが》み始めた。

図形内にある空気は煮え滾《たぎ》り、四方八方からくる圧迫にリュカは耐える。しかし、詠唱の文句を最後まで言うために集中は途切れさせてはならない。

ふっと意識が飛んだ。

気がつくと、リュカはどこか別の場所に立っていた。そこは上も下もない世界で真っ暗だった。恐ろしいばかりだが、リュカは以前に一度来たことがあった。

頭の中に重々しい声が響いた。

『命ある者を造る覚悟はあるか?』

リュカは頷いた。

『ならば、お前の目を一つ差し出すのだ』

ぬっと腕のようなものが伸びてきて、瞼に触れようとした。

断ってもいいとリュカは経験的に知っていた。

「僕に覚悟はありますが、目を差し出すことがその証明になるとは思いません」

リュカは落ち着いて交渉した。もし材料に不足があるというなら、自分に帯びた魔力を使って欲しいと懇願する。

『おのれ、魔法使いどもめっ』

創造主は毒づいた。

『道理を曲げれば、いつかその歪みがやって来るぞ。死んで業火に焼かれるかもしれないが、良いか？』

「構いません」

生きている間、二人幸せであれば。

ふっと創造主が笑った――少なくとも、笑ったような気がした。

『ささやかなるかな。よしよし、望みを聞き入れよう』

いきなり眩しい光に襲われ、リュカは意識を手放した。

どれくらい経っただろう。

目を開けたのは、バラバラと崩れる音を聞いたからだった。

美しい陶製の錬金窯が壊れて、そこで錬成されたものが剝き出しになっていた。

足を組んで座っていたのは青年だった。なだらかな逆三角形の背中を晒《さら》した、二十代半ばほどの青年である。

俯いているが、鼻のラインと引き締まった頬に顔立ちの良さが伝わってくる。背中にかかる癖のない長い髪は豪華な印象の金色だ。

感激にリュカは震えた。

名を呼ぶ声も震えた。

「ヴィヴィ?」

物憂げな様子で髪の毛を後ろに払い、青年は細くした目でリュカを見た——左右の目の色が違っている。

右目が青で、左目が紫だ。

理知的な青い瞳で観察し、官能的な紫の瞳で舐めるように見てくる。

「僕が分かる?」

リュカが問いかけると、頷いた。

「……リュカだ」

声は師匠だったヴィクトールのものだが、直感的にリュカは彼がヴィクトールではなくてヴィヴィだということが分かった。

どうやらリュカはヴィヴィを造ることに成功した。

目に涙が溜まってきた——やっと会えたね、と。

窓のところから黒猫が飛び降りて、現れたばかりのヴィヴィの膝に擦り寄っていった。

心得た仕草で猫の毛皮を撫で始めるヴィヴィ。

『ヴィヴィ、僕を覚えている？』

少しの間を置いて、ヴィヴィはもちろん覚えているともと答えた。

「ヴァランタンだ」

続けて、彼はコビトにも顔を向けた。

「オリヴィエもいるな……そうか、オレは戻ってきたのか」

「身体はどう？　まさか、不具合とかないよね？」

リュカに言われ、ヴィヴィは自分の身体を検分した。

どうやら四肢は普通のようだし、話も出来る——が、もし不充分な形で造り出されていたとしても、気にしなかったかもしれない。

「これで、オレはオレなのか？」

不思議そうに言う。

「この身体だと、オレではないということになるのか？」

「ううん、ヴィヴィだよ」

リュカは断言した。

「ヴィヴィはヴィヴィに生まれて、これからもヴィヴィで居続けるんだ」

「そうか」

ヴィヴィは頷いた後で、リュカを手招きした。

「もっと近くに」

はにかみながら近づくと、ヴァランタンはリュカに位置を譲った。

にやにやしているオリヴィエを無視して、リュカのほうから言った。

「キスをしようよ、とりあえず」

「とりあえず?」

ふふっとヴィヴィが笑うのに、リュカはごくりと生唾《なまつば》を飲み込んだ——ヴィヴィの紫の瞳が鮮やかに閃く。

(ああ、間違いなくヴィヴィだ)

紫の瞳の牽引はまるで魔法である。

屈み込んで、そっと唇を重ねにいく。

(……うん、やっぱりこれはヴィヴィの唇だ)

触れた一瞬でリュカの胸はいっぱいになった。

離れようとしたのを、ヴィヴィの手が追いかけてきた。リュカの頬を両方の掌で包み込んで、

鼻先が触れるほどの至近距離から見つめ合う。

「こうしてまた会えるなんて…な」

クールな青い瞳で噛み締めるように言ってくる。

「リュカはすごいな、錬金術を極めたってことか。もう浅慮でうっかり者のリュカじゃないいんだな」

「僕はリュカだよ、ヴィヴィ」

瞬きも出来ないままでリュカは言った。

「ただきみに会いたくて、愚直に頑張っただけなんだ」

「愚直に？」

「だって僕は僕でしかないもの」

もう一度、ヴィヴィにキスをした――今度は触れるだけで終わらせず、彼が応じるまで深く深く重ねた。

「もうずっと一緒にいられるね」

「ずっとな」

両腕をリュカに巻きつけ、ヴィヴィが溜息を吐く。

「ああ、なんてありがたいんだ……こうして腕に抱くことが出来るなんて。そして、愛していると言葉にすることも出来る。言ったこと、なかったよな?」

「なかったね」

ヴィヴィは照れることなくさらりと言った。

「愛しているよ」

「愛してる、僕も」

返すリュカのほうが感情的だったかもしれない。

「会いたかった気持ち、会えて嬉しい気持ち……これが愛だね」

「そうだな、愛だ」

ぴったりと密着する身体。

リュシアンとヴィクトールの存在はどこかにあるのかもしれないが、少なくとも今は感じられない。

二人はただのリュカとヴィヴィだった。

額と額をくっつけて再会を喜ぶ恋人たちを、彼らの同居人——いや、一つ屋根の下で共に暮らす家族である屋敷コビトと黒猫が温かく見守っていた。

あとがき

こんにちは、水無月《みなづき》さららです。

二〇二二年夏、めちゃくちゃ暑い。家で元気なのはミシシッピ原産のカメだけかもしれないです。あれ、沖縄《おきなわ》生まれのガジュマルの鉢植えも元気か。案外みんな大丈夫なの？ いやいや、わたしは東北生まれ。雨の匂いが恋しいです。

さて、前作から半年くらいでしょうか、今回はファンタジーを書かせていただきました。

錬金術師（やや魔法使い）×弟子（やや魔法使い）。

未熟な錬金術師が浅知恵のままに恋人を造ってみたら、どうしてか性別が男で、厳しかったイケメン師匠にそっくり……と、そんな思いつきから組み立てたお話です。コメディになりそうでならなかったのは、テーマを「執着のループ」としたからでしょうか。

そもそも師匠が初恋の相手を思いながら弟子を造って、その弟子を庇って死ぬと、今度は弟子が師匠を造る。造り出したものは必ずしもぴったり同じものではないのに、愛さずにはいられなくなるのは――そうなの、ある種の輪廻転生だから。家庭教師と王子さまの親子めいた愛情からヴィクトールとリュカでは師弟愛へ、リュカとヴィヴィでは恋愛へとステップアップ。

　キャラクターが短期間で子供から大人へと変化していくのは、近年わたしの十八番となっている設定ですね。一人のキャラクターで何度もおいしい。イラストレーターの先生にご苦労をおかけしつつも、絵が上がってくるのがすごく楽しみで……いや、大変だろうとは思っているの。キャラデザが一個で済まないからね。北沢《きたざわ》きょう先生、ありがとうございました。

　この本の出版にあたり、担当T嬢、編集部のみなさま方、家族に友人たち…ご尽力下さった全ての方々に感謝です。

　どうか、読者のみなさまに愛されるお話でありますように。

この本を読んでのご意見、ご感想を編集部までお寄せください。

《あて先》〒141‐8202　東京都品川区上大崎3‐1‐1　徳間書店　キャラ編集部気付
「新米錬金術師の致命的な失敗」係

【読者アンケートフォーム】

QRコードより作品の感想・アンケートをお送り頂けます。

Ｃｈａｒａ公式サイト http://www.chara-info.net/

■初出一覧

Chara
新米錬金術師の致命的な失敗……【キャラ文庫】

2022年7月31日　初刷

著者　水無月さらら
発行者　松下俊也
発行所　株式会社徳間書店
〒141-8202　東京都品川区上大崎3-1-1
電話　049-293-5521（販売部）
03-5403-4348（編集部）
振替　00140-0-44392

印刷・製本　株式会社広済堂ネクスト
カバー・口絵
デザイン　モンマ蚕（ムシカゴグラフィクス）

ISBN978-4-19-901072-9

水無月さらら

僭越ながら
ベビーシッター
はじめます
水無月さらら
イラスト◆夏河シオリ
子供たちはみんな君に懐いているのに、
俺は家族とさえ君を分け合いたくない。
キャラ文庫

好評発売中

「僭越ながらベビーシッターはじめます」

イラスト✦夏河シオリ

五日間の出張の間、四人の子供達の面倒を見てくれないか――人目を惹く美貌で、夜の街で絡まれていたレイタ。助けたのは、妻を亡くしたシングルファーザーの島《しま》崎《ざき》。大企業の社長で高級スーツを纏っているのに、三枚千円の下着を穿くほどの倹約家だ。でも子供達は可愛いし、無職の僕にはありがたい――25歳で芸能界を引退して以来その日暮らしのレイタは、ベビーシッターを引き受けることに…!?